遙かなる円環都市

MICHAEL C. GRUMLEY

BREAKTHROUGH

マイケル・C・グラムリー
野中誠吾 訳

上

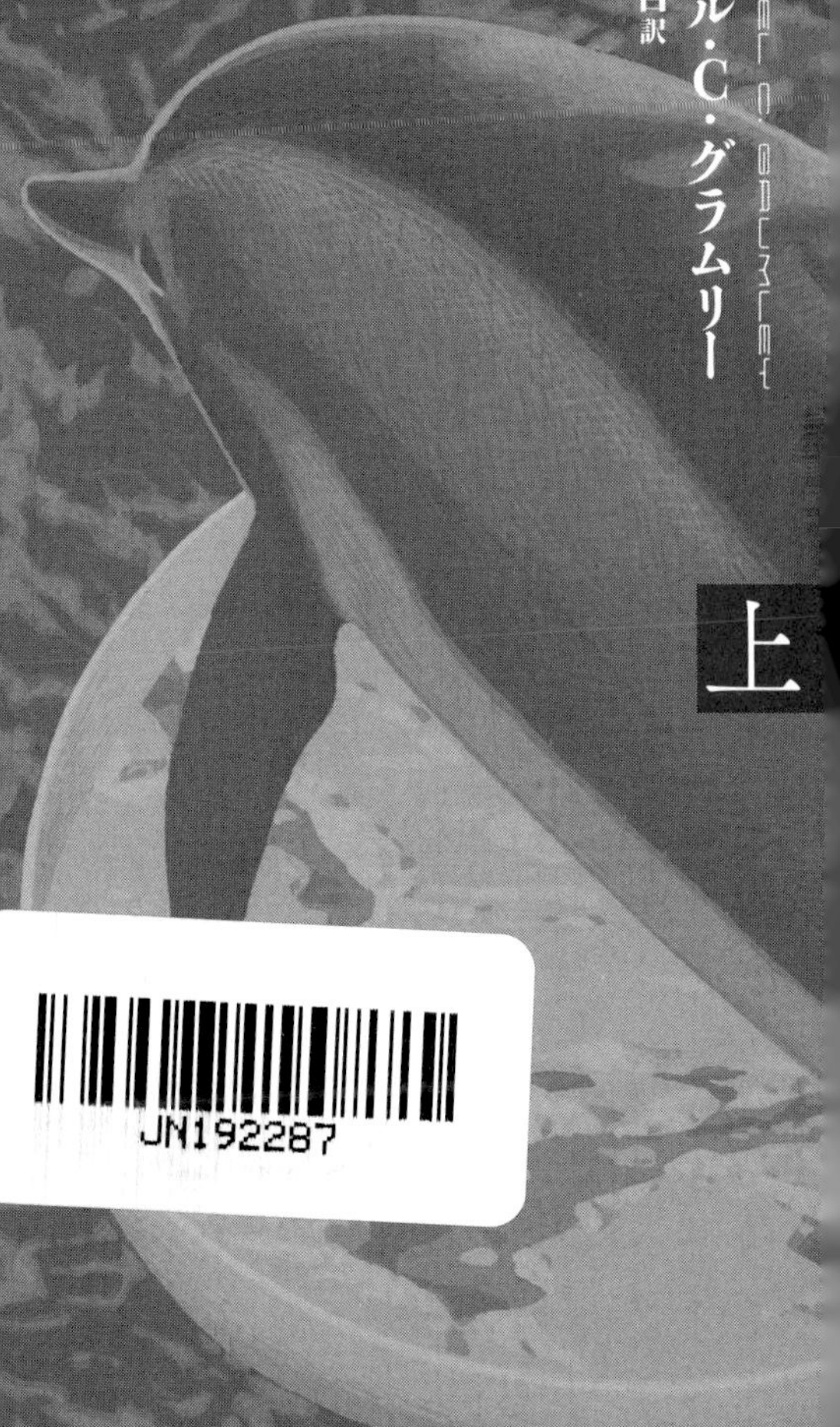

竹書房文庫

遥《はる》かなる円環都市〔上〕

献辞

地球上で最も素晴らしい二人の女性、オータムとアンドレアに

謝辞

わたしの一番のファンであるケリー・フォスターに心からの感謝を捧《ささ》ぐ。彼女がいなければ、この本は決して書かれなかっただろう。

アンドレア、母、スティーヴ、リシェル、ジェニファー、ダンとドンにも、校正と専門家としての助言を感謝する。

主な登場人物

ジョン・クレイ……………………………海軍調査官
スティーヴ・シーザー……………………海軍調査官、クレイの親友
ウィル・ボーガー…………………………海軍所属のIT技術者
ラングフォード……………………………海軍提督、クレイの上官
ルディ・エマーソン………………………海軍調査船パスファインダー号艦長
アリソン・ショウ…………………………海洋生物研究者
クリス・ラミレス…………………………海洋生物研究者
リー・ケンウッド…………………………イルカ研究に関わる技術者
フランク・デュボア………………………マイアミ市立水族館館長
キャスリン・ロッケ………………………アメリカ地質調査所所長
ジョナサン・スコット・カー……………アメリカ大統領
ハンク・スティーヴァス…………………国家安全保障担当補佐官
ビル・メイソン……………………………大統領首席補佐官
フィリップ・ルブラン……………………内務長官
ミラー………………………………………国防長官
ペイリン……………………………………謎の男
ダーク………………………………………イルカ（牡）
サリー………………………………………イルカ（雌）

1

奇妙な音が聞こえる。彼はヘッドフォンを耳にさらに強く押しつけた。

潜水艦の音波探知機《ソナー》を操作する者は特殊な生き物だ。コンピュータの画面の前にじっと座り、日々単調さと戦いながら、海中のかすかな音にひたすら耳をすませることができる者は、ごく限られている。けれども、そうした稀少な存在を見れば、人間の感覚がどれほど鋭敏になり得るかに驚かされる。ユージン・ウォーカーにとっては、海軍のあらゆる職務のなかで音波探知機係《ピン・ジョッキー》こそが天職と言えた。彼はすべてを〝聞き取る〟ことができた。今夜のように退屈な夜でさえ、暗い海のなかを音もなく進んでいく潜水艦の艦内にいながら、周囲の状況を正確に把握していた。

ただ、先ほどウォーカーの耳に届いた音は、あまりに奇妙だった。しばらく耳をすませても、その正体を突き止められずにいた。彼は椅子に座ったまま姿勢を変えて目の前のモニタをにらみ、コンピュータがとらえた謎の音に意識を集中した。何度も再生したが、それでもわからない。名人級のソナー係は珊瑚礁《さんごしょう》を流れる海流の音さえも聞こえるというまことしやかな話があるものの、それは船の上で全人生を過ごしてきたような強者《つわもの》たちの伝説のようなものだ。彼にはまだ海流の音は聞こえなかったけれど、コンピュータには識別できない自然の変化も特定してきた。けれども、この音はあまりに不可解だった。途切れることのない超低周波の響きは、人間の聴覚の範囲ぎりぎりの音域にあった。

ユージンの背後には少し離れたところにサイクス副官が立ち、無味乾燥な最新の保守報告書を読んでいた。サイクスはその地位にある者の例に漏れず、細かいことにうるさい几帳面なタイプだったが、彼のように優秀な士官であっても、ときには決まりきった職務の底なしの退屈さが耐えられなくなることがあった。彼は熱いコーヒーを口に運び、家にいる妻と娘たちのことを考えていた。今頃はもうベッドに入っているだろうか。彼はちらりと腕時計に目をやり、どこかうわの空で報告書をめくりつづけていた。

それからふと普段と違う気配を感じ取り、部下の航海士が計器とテーブルのデジタルマップを何度も見比べているのを目の隅でとらえた。

「どうかしたのか、ウィリー？」

ウィリー・メンデスはすぐには返事をしなかった。問題があると上官に報告する前に、三重にもチェックをしなければならない。「それが……」

サイクスは、もはや文字のおぼろなかたまりにしか見えない報告書から目を離さずに、おもむろに振り向いた。

航海士は二人のあいだにある、明るく輝く一メートル四方のデジタルマップに顔を寄せてじっと見つめていた。「どうも妙なんです」

サイクスはテーブルから別のモニタに目を移し、即座に問題を見て取った。透明な定規をつかみ、自分でも計り直す。それから彼は顔をしかめ、若い航海士を見つめ返した。

「何回チェックした？」

「四回です」

メンデスの返事に、サイクスは顎をかいた。

「最後に確認された地点から計測すると、二分前はここになります」メンデスは画面をズームインして、その区域を拡大した。マップにあてた人さし指の隣に小さな円が浮かび、その脇に記されているGPSの小さな座標と重なる。それから彼は、チャートの進行方向にさらに指を動かした。「そして今は、ここだと示されています」

「二分間で？」サイクスは信じがたいとばかりにつぶやいて頭を振り、ため息をついた。時速三八〇ノットというのは、原子力潜水艦にとってあり得ない数値だ。故障だろうか。コンピュータの異常は、もちろんこれが初めてではない。どこかの頭のいかれた男がつくるソフトウェアが、昔ながらの機械や電気機器よりもはるかに壊れやすいことはわかっている。今ではコックたちでさえ知っている常識だ。「他に異常は？」

「ありません」

「計器とデジタルマップの両方のシステムに動作チェックをかけるんだ」

「すでに試しました」一同はその結果が示されているモニタに目を向けた。「これまでのところ、システムからはなんの異常も検出されていません」

やれやれ。壊れたソフトウェアは、自分が壊れていることさえわからないのだ。サイクスは、オレンジ色のGPSのディスプレイに目を凝らした。「衛星への再同期を試してみろ」

メンデスはその指示を実行して待った。それからゆっくり頭を振った。「衛星はすべて正常に見えます。五基……いや、六基確認できました。位置は一メートル単位で特定できますが、すべて同じ座標を示しています」

サイクスは答えなかった。考えをめぐらしながら、GPSのディスプレイを見つめつづけた。

ユージンが狭い無線スペースから首を突き出し、ヘッドフォンをはずして首にかけた。「数分前から、ソナーが妙な音を拾っています。関係があるかもしれません」

サイクスの目がユージンに向けられた。「なんの音だ？」

「船ではありません。これまでに聞いたことがない音です」

サイクスは別のヘッドフォンをかけ、ユージンが再生した音に耳を傾けた。「いったいこれはなんだ？」

ユージンは顔をしかめ、ライブ音声にスイッチを切り替えて目を閉じた。「……もう聞こえません」

「なんだと思う？」

ユージンはため息をついた。「はっきり断定できません。最初は、熱気泡の排気口の音かもしれないと思ったのですが、違います」サイクスはメンデスを見つめ返し、テーブルに戻った。そして長いあいだ黙り込んで頭のなかを整理したのち、マグカップを置いた。部屋からハッチの縁《へり》に出て、長い灰色の金属製の廊下へと歩きはじめる。

「最悪のタイミングだ」

アシュマン艦長はノックの音に「入れ」とひとことで答えた。サイクスは天井の配管に頭をぶつけそうになりながら、なかに足を踏み入れた。

「どうした？」艦長は、誰が来たのか確かめるために顔を上げようともしなかった。

「航行システムに問題が生じました。本艦の位置が実際より二五キロほどずれて表示されます」

アシュマンは顔を上げた。「二五キロ？」

ませんでした」

「そうです」

「システムチェックはかけてみたか?」

サイクスはうなずいた。「はい、規則どおりに。ですが、いかなる問題も見つかり

アシュマンはぎゅっと結んだ唇を指で軽く叩いた。「速度が狂った可能性は?」

「除外できます。推進システムは完璧に同期しています。位置座標だけが不正確なのです。GPSの誤読と考えられますが、正確な結論を出すためには……」

「浮上したら、今回の任務はその時点で頓挫《とんざ》する」アシュマンはすかさず言い返した。

「出発前に、まさか誰かがシステムをバージョンアップしたなどということは?」

「わたしの知る限り、それはあり得ません」

「四カ月間の予定の任務の前にシステムをいじるような阿呆《あほう》が見つかったら、即刻営倉行きだ!」

「了解です!」

サイクスは深く息を吸い込んだ。誰かがシステムをいじったかどうかはこの際、問題ではなかった。システムに不具合が生じ、さしあたり自力では修復できないという事実は変わらないのだ。たとえさしあたり修復できたとしても、異常の原因がわからないままになってしまったら、その時点で任務は頓挫する。このまま航行をつづけ、

深海でトラブルに見舞われる危険は誰もおかしたくない。海底から海面には簡単に浮かび上がれないのだから。

「メカニックと話して、誰もシステムをいじっていないことを確認しろ」

サイクスはうなずいた。艦長室のドアをノックする前から、この命令は予想していた。アシュマンは足を引いて立ち上がった。「浮上しよう。帰還すると連絡してくれ」

艦橋まで戻ったときには、サイクスの心のなかで悪い予感がふくらみつつあった。

2

ケイマン諸島は、一五〇三年にクリストファー・コロンブスによって発見された。海亀が多数生息していることから、スペイン語で海亀を意味するラス・トートゥガスと名づけられ、何世紀ものあいだ植民地としてひとまとめに統治されたのち、一九六〇年代後半に公式に英国領となった。カリブ海の島々の多くがそうであるように、ケイマン諸島もビジネスの中心は観光であり、金があまり、贅沢《ぜいたく》に昼寝を楽しみたい日焼けした太りすぎのアメリカ人でいつもあふれていた。ジョージタウンに着いたあと、ぴかぴかのレンタカーに乗って遊びにくり出し、エアコンのきいた場所で過ごしている限り、観光客が数年前のハリケーンによってもたらされた惨禍《さんか》の名残に気づくことはほとんどない。大切な商売のためなら、復旧作業も驚くほどはかどるというものなのだ。

リトル・ケイマンからは見えないが、沖合に浮かぶ十数メートルの双胴船からはジョージタウンを遠くに望める。船はリトル・ケイマンにずっと近いあたりで、穏やかな波間にものうげに揺れていた。その揺れに合わせるように、動索がアルミニウムのマストに気怠くぶつかっている。あたたかい冬の風が、張られた綱のあいだや巻き上げられている帆の上を優しく吹き抜けていく。陸地に近ければ、誰かがその船に人影がないのを見て、捨てられているものと思ったかもしれない。けれども沖合はるかでは、そばにいるのは舷窓にちょこんと止まっている二羽のカモメだけだった。

船のすぐ近くでクリスタル・ブルーの海面がゆっくりと乱れはじめた。泡の輪が浮かんで穏やかに揺れ、一瞬のち黒い頭が水のなかから飛び出して周囲を見まわした。船尾に目をやり、マスクを短い髪の上まで素早く持ち上げると、そちらに泳ぎはじめた。そして船の小さな梯子《はしご》の前まで来ると、マスクとシュノーケルを甲板にさっと放り投げ、驚くほど巧みに上体を海面から引き上げて軽やかに横木にのった。それから手を伸ばして左右の足ひれをはずして投げ捨て、すぐにタオルをつかんだ。

男は小さなクーラーボックスからオレンジジュースの瓶をつかみ、そのまま歩いて二つの船体のあいだに張られた布のデッキに腰をおろした。大きな方の島に目をやると、海面をジェットスキーが横切っていくのがかすかに見えた。喧噪《けんそう》を好む人々の多さには、まったく驚かされる。味気ない日常から逃れたいと言い張り、くつろぐためにわざわざ遠く離れた土地まで旅しながら、結局は旅行客とまざって買い物をし、やかましい音を立てる乗り物で湾内を動きまわるのだから。彼は一人微笑《ほほえ》み、乾杯とばかりオレンジジュースを人々の方角へ差し上げてみせた。

人の好みはそれぞれだ。むしろ、そのことに感謝すべきなのだろう。もし彼らがああしていてくれなかったら、きっと今頃はすぐ隣で騒いでいるだろう。それから男は立ち上がり、目を細めて輝く水平線を眺めた。毎日何をするか自分で決めていいというのは、まさに理想の生活だった。

しかし、不意に男は体をこわばらせた。ごくかすかだが、間違えようがない音が聞こえる。あきらめにも似た気分になって落ち込みながら、双眼鏡に手を伸ばした。濡れている顔をぬぐい、レンズをのぞく。それから彼は立ち上がり、遠くの小さな点がしだいに大きくなり、やがてヘリコプターの形になるのを憮《ぶ》然《ぜん》として見つめつづけた。

3

金曜日の忙しさに、クリス・ラミレスはいつも驚かされてきた。土曜日か日曜日ではなく、毎週平日の最後の日がいつでも一番忙しかった。これは、近隣の学校の行事がこの日に集中するせいで、四時間のあいだ案内係をつとめるのは大きな負担だった。三週間前に新しいツアー・ガイドが雇われ、クリスはようやくその義務から解放された。もちろん、改めて考えると子供たちのためにガイド役をつとめる仕事はそれなりに楽しかった。ただ悩ましいのは、子供たちはひとたび正面玄関を抜けたとたん、それまで熱心に説明していたことをきれいさっぱり忘れてしまうという現実だった。そこからは、水族館の花形であるイルカのダークとサリーが見えるのだ。もっともあのくらいの年齢のときには、彼だって似たようなものだった。

クリスはコーヒーを飲みながら人気《ひとけ》のないロビーを歩いていった。インフォメーションデスクに近づくと、受付のベティと、今日の予定を確かめながらネクタイを直している後任のアルに微笑みかけた。こうして本来の仕事に戻ることが許されてみると、新たな金曜日がどれほど素晴らしく感じられることか。

クリスは腕時計に目をやった。開館まであと三〇分。彼は水族館の本館の一番下の階までおりて、一〇〇万ガロン以上の水をため込んでいる巨大なガラスの壁の前に立った。ガラスの向こう側では、開放型の水槽の上面から優しい日射しが降り注いで水を柔らかなブルーに染めている。彼は二頭の大きなイルカがきらきら光る水のなかを軽やかに動きまわっているのを眺めた。イルカたちはこの上なく優雅に泳いでいる。それから彼は顔を上げて、水のなかにいる別の生き物に目をやった。その相手が手を振ると、微笑んでコーヒーカップを軽く持ち上げ挨拶を返した。相手は背を向けてダークとサリーの方へと戻っていった。そのあと、クリスは廊下を歩いて水族館のスタッフルームに入り、バッグを机に置いた。

イルカと泳ぐ素晴らしさは、言葉にできないほどだった。アリソン・ショウはできる限り機会を見つけてはイルカと泳いでいたので、その喜びを誰よりもよく知っていた。金曜日は開館時間が遅く、餌やりから開館までのあいだに四五分の空白ができるため、いつもその時間を活用していた。この五年のあいだに、ダークとサリーは一緒に泳ぐのをとても楽しんでくれるようになっていた。その証拠に、二頭はいつも彼女のまわりをまわり、つるつるした体をなでさせてくれ、そのお返しに下を通り過ぎるときにはふざけてぶつかってきた。彼女は腕時計に目をやったあと、最後にもう一度二頭を軽く叩くと、梯子に向かった。

アリソンは水面に浮かび上がり、梯子につかまってマスクをはずした。早足で近づいてくる誰かの姿がぼんやり見えたので、顔を上げ、曇ったゴーグルをはずす。クリスの笑顔が目に飛び込んできた。

「今、下にいなかった？」彼女は目にかかる髪を払ってたずねた。

クリスは答えなかった。

アリソンは目を細めてもう一度顔を上げた。「どうかしたの？」クリスは微笑みつづけていた。「どうして笑っているの？」

クリスはかがんだ。「きみも早く見たいだろうと思って」

彼女はさっと目を見開いた。「ＩＭＩＳ？」

クリスはアリソンの手をつかんで引き上げ、彼女にタオルを渡した。彼女は前に歩いて素早く体を拭き、長袖のシャツとショートパンツをバッグから取り出した。二人は長年の友人だったが、クリスは今でもときおり彼女のすらりとした体にこっそり視線を投げていた。彼女は平均より五センチほど背が低く、女性海洋生物学者としては飛び抜けて小柄だった。アリソンは急いでサンダルを履き、クリスと一緒に見学エリアを走り抜けて建物に入った。

彼らが研究室に飛び込んだとき、リー・ケンウッドはいつものように大きな机の前に座っていた。机にはモニタとキーボードがあふれ、ケーブルが床のあちこちに伸びている。それを見るたび、アリソンは電話会社の奥まった倉庫を連想してしまった。後ろの壁には背の高い金属製のラックが並んでいて、コンピュータのサーバーがいくつも置かれていた。中央のラックの真ん中には、機器を手入力で操作するために使う薄型のモニタとキーボード、それにマウスが置かれていた。もっとも、そうした装置の出番は、最近はめったになかった。リーの机にはいくつものシステムがあり、今ではいともたやすく遠隔操作でサーバーに接続できる。

サーバーの向かいの壁はイルカの水槽の透明なガラスで、この部屋からいつでも観察できるようになっていた。分厚いガラスの前にはさまざまな高さと形の六つの装置が置かれていて、それぞれの上にビデオカメラが据えつけられている。部屋のまわりには海洋生物学、言語分析、コンピュータ言語のコードの記述まで、さまざまな分野の書籍や雑誌がどっさりと置かれていた。

アリソンは濡れたバッグをカーペット敷きの床に放り投げながら、急いでリーに近づいた。「どうしたの？」

リーは四角い眼鏡《めがね》をかけた目でクリスを見た。「まだ話していないのか？」

アリソンはモニタの前に割り込むように立った。「早く教えて。どうしたの？」

リーは机からそっと離れ、ぐるりとまわって彼女がそばから見ることができるようにした。「ついにやったかもしれない」

「本当に？」アリソンはまた水槽に目を向けながらたずねた。ダークとサリーが、子供たちが朝一番で駆け込んでくるのに備えて向こう端にいるのが見えた。

リーはにやりと笑った。「間違いない」彼はまたそばに近づき、マウスを動かして数字と結果の列を画面に映し出した。「見てくれ……周波数……音域……音調の変化」

「クリック音の間隔と反復率は？」彼女は興奮を抑えきれず大きなモニタを見つめた。

「これがそうだ。そして二頭それぞれを撮った動画がこれだ」

彼らの背後のドアから、フランク・デュボアが飛び込んできた。「メッセージを受け取ったところだ。何があった？」最後の言葉が口から飛び出したときには、もう答えを聞く必要はなくなっていた。そこにいる者たちの顔に浮かぶ表情を見ればわかった。「やったんだな」

「ええ、やりましたよ、キャプテン」リーがにやりと笑った。そしてフランクがクリスとアリソンの背後からのぞき込むと、画面を示してみせた。「すべての変数が特定されています。見てください、これを合計すれば、三箇所にあるビデオカメラが示している位置とまったく同じ数字が得られます」彼は別のボタンを押し、システムログを出した。「それにこれを見てください。最後の変数はほぼ二カ月前に見つかっています。つまり、しぐさや音に関してはすべてそろえられたということです」彼はどうだとばかりにうなずいて背を倒した。「封筒にはもう切手まで貼られているから、あとは投函するだけというわけですよ！」

アリソンは微笑んだ。リーはいつも独創的な言いまわしを思いつく。「もちろん、ＩＢＭには連絡したんでしょうね？」

リーがうなずいた。「連絡した。検証に来るそうだ」

そこでクリスが振り向いて、イルカを見た。「誰が来るんだ？」

リーは微笑んだ。「そう……全員だ」

「素晴らしい」フランクは振り向いてドアに向かいはじめた。「連絡しなければ。今日は忙しいか、アリ？」

アリソンは笑って答えた。「冗談を言っているの？」

「いいか、天にものぼる心地が覚めたら、少しだけ時間を取ってくれ……プレスリリースを書いてほしい」そう言うと、フランクはドアを閉めて出ていった。

4

銀色の扉が開き、ジョン・クレイはやたら広いエレベーターからおりた。彼はすぐに右に曲がり、ペンタゴンのDリングの長く白い廊下を歩いていった。廊下の突きあたりにいたラングフォード提督がクレイに気づき、それまで話していた士官のそばを離れて近づいてきて、彼に分厚いフォルダを渡した。

「すまなかったな、クレイ」提督の方が五センチほど背が低いのに、背筋がぴんと伸びている上に動作がきびきびとしているせいで、クレイはいつも自分が見上げているように感じていた。二人は提督が数年前にこの部門に着任したとき出会った。それ以来、クレイはずっと彼の下で働いてきた。

クレイはラングフォードと並んで歩きながらフォルダを開き、最初のページに素早く目を走らせた。「コンピュータの故障でしょうか？」

「間違いなくそれだけじゃない」ラングフォードはあっさり否定した。「当初は故障として扱われていたが、異常を再現できない」彼はすれ違う女性職員に会釈してみせた。「航行システムは、潜水艦が港を出てからずっと完璧に機能していた。それなのに、突然二五キロも位置表示がずれたのだ」

クレイはランダムなコンピュータのコードにしか見えない記号が並ぶ資料をめくりながら、歩調を合わせて歩きつづけた。「針路にずれは？」

「方角はずれていない。正しい針路だが、二五キロ進みすぎている」ラングフォードには、クレイが状況を一通りのみ込んだのがわかった。クレイは、ラングフォードがこれまでに得た最高のアナリストの一人だ。猛烈にのみ込みが早く、どんなことであれくり返し説明する必要がなかった。

「海流や対流の影響は除外できそうですね。古い潜水艦ならエンジンがまず気になりますが、新型では速度もＧＰＳで制御されています。人工衛星に問題は？」

彼らは角を曲がり、歴代の司令官の写真が飾られている別の廊下を歩きつづけた。

「その可能性はわたしも考えたが、これまでのところ他にはなんの異常も報告されていない」

クレイの口からひとりごとのように言葉が出た。「人工衛星はすべて自動的に同期するよう設計されています。ＧＰＳの受信機が、同じシグナルに固定されることはありません。つまり――」

「どれか一つだけが狂うということはあり得ない」ラングフォードはセキュリティカードを取り出し、青い大文字でＤＮＩと記されている金属製の扉の脇のリーダーに通した。「アラバマ号がその週使っていた人工衛星をすべて特定して、それぞれにチェックをかけた。何も出てこなかった」ラングフォードは大きなドアを素早く開けた。「旅行はどうだった？」

「短すぎました」

「いずれ埋め合わせる」

海軍捜査局は大きな部署で、ペンタゴンの二階の大部分、西側のＡからＥまでのリングを占めている。数百人いるスタッフのほとんどは、法律や人事が専門だった。この部門は軍事政策の軟化に伴い拡大をつづけていた。ハラスメントのような人事問題は、軍が二一世紀の基準を満たすことを意識するようになったこの数年のあいだに一気に増加していた。それに比べると、法務部と人事部の隣にある海軍の技術部門ははるかに小さかった。そしてクレイのチームはさらに小さかった。その名前にある、電子工学と信号（Ｅ＆Ｓ）に興味を持つ者などほとんどいない。ごく限られた者しか理解できない専門分野なのだ。ときとして技術開発の最も強力な支援者となる高級将校たちでさえもが、本当のところその〝理屈〟までは知りたがらなかった。彼らはただ、それが使えればいいだけなのだ。クレイのＥ＆Ｓチームは、どうしてある技術がうまく使えないのか、失敗はどこでなぜ起きたのかを突き止めるよう命じられることがよくあった。そのためにはコンピュータ・チップの設計、ネットワーク、シグナリングまで含めたさまざまな技術に関する専門家レベルの知識と、電磁スペクトルに関する徹底的な理解が必要とされた。

クレイは角を曲がり、いくつもの部屋の前を通り過ぎたあと、ドアを開けて自分のオフィスに入った。どうやらアシスタントのジェニファーは、彼が今日出勤することを知っていたようだった。

「おはようございます、ジョン」ジェニファーは電話を持ちながら呼びかけた。「ケイマン諸島はいかがでした？」

「きみにはお勧めできないな」クレイは微笑み、彼女の脇を通ってオフィスに入った。「リアリティ番組が見られない」

ジェニファーはにっこり笑い、フォルダを持って彼のあとにつづいた。「忘れずにリストからはずしておきます」ジェニファーはフォルダを開き、クレイが戸惑ったように見つめていたメッセージの山を脇によけた。

「たった三日でこんなに？」

「あなたは人気者ですから」ジェニファーは彼に見せつけるようにフォルダをめくり、そこから書類の束を取り出した。「それから、これはあなたのサインがいるものです」

「きみがいなければ、どうすればいいのかわからないよ」

「おっと、そこまでだ。あまりうぬぼれさせるな」二人が顔を上げると、戸口にはスティーヴ・シーザーが笑顔で立っていた。背丈は一八〇センチほど、黒い髪と口髭《くちひげ》、一〇〇パーセントのイタリア人だが、本人いわくマフィアとの結びつきはないそうだ。シーザーとクレイはもう二二年になる宮仕えの初日からの友人で、ここ数年はいくつかの部門を異動しながら一緒に働いてきた。

ジェニファーは微笑み、シーザーの腕をそっと叩いて出ていった。

シーザーが部屋に入ってきて、クレイの机の向かいの椅子に腰かけた。「我々の休暇は短くなる一方だ。この調子だと、ランチタイムよりも短くなるのも時間の問題だ」

クレイは、ラングフォードから受け取ったフォルダを机に投げて椅子に腰を落とし、シーザーの方を向いた。「きみは来なくてラッキーだった。短ければ短いほど、帰るのが憂鬱《ゆううつ》になる」彼はうんざりと息を吸い込んだ。「ぼくらがどうしてこんなことをしているのか、もう一度教えてくれないか？　愛国心だったかな？」

「中毒さ」

「ラングフォードからアラバマ号のことはもう聞いたか？」

「ああ、そのフォルダは今朝ぼくが彼に渡したものだ」シーザーは両脚を伸ばして背を倒した。「とにかく奇妙な話だ。こんなことは初めてだ。天地を揺るがす大問題ではないかもしれないが、あちらさんは乗組員の士気が落ちる前に早くまた出発したがっている。あの艦の技術者たちと連携して、徹底的に調べている」

「何か見つかったか？」

「まだだ。これからケーブルを調べる」

クレイはため息をついて身を乗り出し、アラバマ号のフォルダを開いた。「近くに同じ人工衛星を使っていた艦は他にいたのか？」

シーザーは頭を振った。「いや、一番近くにいた艦は衛星のうち四つが共通していただけで、有効な比較には充分じゃない――」そこで携帯電話が鳴った。彼は答える前にモニタに表示された番号を見た。「やあ、何か新しい知らせか？　わかった、すぐに行く」電話を切って立ち上がる。「ボーガーが何か見つけたかもしれない」


ウィル・ボーガーはヒッピー世代が現代によみがえったような出で立ちだったが、その役割を演じるには実のところ少し若すぎた。髪を伸ばしてポニーテールにまとめているのは、薄くなってきた頭頂部を隠すためかもしれない。いつも丸眼鏡をかけ、だぶだぶのハワイアンシャツを着ていた。一時代前のコンピュータおたくの典型といったところか。クレイとシーザーは彼のことが大好きだった。

二人はコンピュータと衛星通信設備で埋めつくされた研究室に入った。複雑すぎて、専門家である彼らにも理解できない機器もあった。棚いっぱいにワイヤーとケーブルが詰め込まれ、さまざまなモニタ、コンピュータ、オシロスコープ、アンプといったものに接続されていた。ボーガーのオフィスにはテレビ会社をはじめることができるだけの同軸ケーブルがあるはずとクレイはにらんでいた。部屋の隅の古いランプの下には木製の机があり、そこにまたたくさんのキーボードが積み重なるようにして置かれていた。

ボーガーはテーブルの前に立ち、そこに広げた大きな赤と白の地図をのぞき込んでいた。顔を上げ、驚いたような表情を浮かべる。「やあ、クレイ。帰っていたとは知らなかった」

「ああ、そもそも行かなかったような気がする」

「そうか、アラバマ号の件で呼び戻されたんだな。あちらさんはこの件をさっさと解決して、来週にはまた海に出たがっているらしいな」

シーザーは地図に目を落とした。「これはなんだ?」

「地球だ。というかその一部だ。衛星に負荷テストをかけてみたが何も見つからないので、新しいジェイソン2を使って座標を調べることにした」

ジェイソン2にはクレイも馴染《なじ》みがあった。TOPEX/ポセイドンという地球の磁場の研究目的で設計された初代の人工衛星に代わった、ジェイソン1のさらなる後継機種だ。その初期の任務は衛星に搭載するチップのデザインを一変させ、大量の太陽輻射に対する耐久性を大幅に向上させ、人工衛星産業に多大な恩恵をもたらした。

初期の二機種も多くの情報を与えてくれたが、ジェイソン2は地表により近い磁界を探知できる鋭敏さを備えた最初の機種だった。その打ち上げが科学界に少なからぬ興奮を巻き起こしたことをクレイは思い出した。

ボーガーはつづけた。「地図の完成にはあと数年かかるだろうが、衛星の打ち上げ軌道の関係で赤道周辺が最初にマップされた。幸い、アラバマ号に問題が生じたカリブ海もそこに含まれる」

彼らは近くに寄った。「それで？」

「いいか、これが赤道のつづきで、このあたりがビミニ諸島だ」ボーガーは大きな暗い色の円を示した。「J2によれば、この区域はきわめて強い磁力を帯びているようだ」

「間違いという可能性は？　たとえば装置がまだ較正されていないとか」

ボーガーはかぶりを振り、地図をなでつけて平らにした。「それはない。見てのとおり、残りの計測値は正常だ。なのにここだけ間違っているというのは偶然がすぎる。ぼくの意見を言うなら、このあたりの海底に異常な密度の鉄がたまっているのかもしれない」

クレイは顔を上げた。「だが、それだけではGPSには影響しないはずだ」

「そう、たしかにそれ自体は影響しないが、今月はずっと太陽に小さなフレアが観測されている。そうした現象はさまざまなもの、とりわけ人工衛星に影響を及ぼすことが知られている。アラバマ号に問題が生じた日のフレアはごくわずかだが、この海域に高濃度の鉄が堆積しているなら、そのイオン化によって人工衛星が正確な位置を特定できなくなった可能性はある」

「その日、フレアはどれくらいの時間つづいたんだ？」

「六時間か七時間だと思う。正確なところは調べてみないとわからない」

クレイは立ち上がり、考えながら顎を指で叩いた。「フレアが原因で、潜水艦のデータがその六時間か七時間前に狂うなんてことがあるだろうか？」

「あり得る」ボーガーがうなずいた。「ただし、きわめて微妙な誤差にしかならないかもしれない。その海域と針路にどれくらい近いかにもよる」

クレイはボーガーに向き直った。「フレアが正確にはどれくらいつづいたか確かめられるか？」それからシーザーを見た。「その日の潜水艦のすべてのデータを洗おう」

四時間後、シーザーはオフィスに入ってきて、クレイの机に分厚い書類の山をどんと置いた。

「アラバマ号の三一日のすべての記録だ。通信、航行、推進……艦内の食事のメニュー以外すべてである」

「それで？」

シーザーは首を振った。「何もなかった。異常は一つもない。ついでに言わせてもらえば、これは実に退屈な読み物だ」

クレイは書類の束をめくった。「ボーガーによれば、フレアはほぼ八時間のあいだ断続的につづいていたらしい。艦内の技術チームから他には何か？」

「何も。まだケーブルを調べているが、まあ望み薄だな」

二人とも、ケーブル配線の調査はあくまで形式的なものにすぎないことを知っていた。徹底的に調べたことを示すためのアリバイづくりのようなものだ。最新鋭の潜水艦の配線と絶縁には、細心の注意が払われている。ケーブルが問題の原因になることは、きわめて稀《まれ》だ。クレイはしばらくたってから頭を振って椅子を引いた。「問題がなんであれ、フレアでも、システムの異常でもないようだ」

「配線系統でもない」シーザーがドアの枠にもたれかかって言い添えた。「ちょっと出るか？」

クレイはうなずいた。

5

アリソンは紅茶をひとくち飲み、画面にじっと目を凝らした。そろそろはじまる。自分の胸の鼓動が聞こえるようだった。自分を戒める。何が不安なの？　あなたがテレビに映るわけじゃないのよ。神経質になることなどめったにないのに。そう、神経質になっているんじゃなくて、興奮しているだけ。彼女がつくったプレスリリースは、あちこちの新聞やニュースで取り上げられ、そのすべてからインタビューの申し込みがあった。これほど反響があるとは想像もしていなかったが、ついに成し遂げた今回の成果にはそれだけの価値があるのだ。

驚いたのは、こんなにも早くテレビで放送してもらえることだった。プレスリリースが出てからわずか三日後にはＮＢＣから連絡があり、フランク・デュボアに月曜日の番組への出演依頼があった。これまでの発表は、インパクトが弱かったこともあって地元の新聞に取り上げられただけだった。しかし今回のニュースは、明らかに注目を集めたようだった。問題は、誰が興味を持ってくれるかだ。できるなら新しい製品ラインを宣伝したがっていたり、どれほど自分たちが儲《もう》かっているか自慢したがっていたりする企業の幹部の目に留まってほしかった。

クリス・ラミレスがマグカップを持って近づいてきて、腕時計を見た。「まだはじまってないかな？」

アリソンは首を振り、ティーバッグを何度か揺すった。

「きみも一緒に出ればよかったのに」彼は紅茶の味を確かめながら言った。

アリソンは首を振った。「いいの。この手のことは、フランクの方が得意だわ」

「たしかに」クリスが言って肩をすくめた。「目立ちたがり屋というのも、たまには役に立つな」

アリソンはカップを口もとに運んで笑みを隠した。

不意に司会のマット・ルイスの顔が大写しになった。声がよく聞こえないので、リーが音量を上げた。「はじまるぞ！」

「……マイアミ市立水族館では、海洋生物学者のチームが画期的な研究に取り組んできました。人間以外の生物と話すという試みです。今日お越しいただいたのはフランク・デュボア、同施設の館長であり、現在行われている研究の責任者です。ようこそ、デュボア博士」

「ありがとう、マット」フランクの顔が画面いっぱいに映り、クリスとリーは歓声をあげた。フランクは見栄《みば》えがよく、カメラを前にしても自然体だった。アリソンが出演するよりもはるかに効果的なはずだ。

「館長、最初に言わせてください。本当に驚きました。水族館でこのような研究が行われていたことさえ知りませんでした。そもそものいきさつから教えていただけますか？」

フランクは完璧な笑みを浮かべ、優雅に肩をすくめた。とても自然なしぐさだった。「そう、アイデア自体は決して新しくないのですが、それを実行するための技術はごく最近まで存在しませんでした。当初はわずかな助成金しかなく、給料を支払えるだけの支援が集まるようになったのはごく最近のことです。実のところ、最初の二年間の研究のほとんどは、上級研究員であるアリソン・ショウのボランティアによってなされたのです」

リー・ケンウッドが身を乗り出して、アリソンを嬉しそうにつついた。「よかったな、アリ」

「奇跡だ」クリスがぽつりとつぶやいた。

「やめて！」アリソンは顔を赤らめて、画面に視線を戻した。褒《ほ》め言葉を素直に受け入れるのは得意ではない。

番組ではルイスが話しつづけた。「では、ＩＭＩＳシステムについて教えてください」

「これは分散型のコンピュータ・システムと呼ばれるもので、要するに作業をたくさんの独立した小型コンピュータ、今回の研究では一〇〇台以上のコンピュータに振り分けるのです。それによって、スーパーコンピュータを使うよりもはるかに大きな解析力を、はるかに低いコストで実現できます」

「それで、ＩＭＩＳという言葉の意味は？」

「ＩＭＩＳとは、インターママル・インタープレティブ・システム、すなわち哺乳類間翻訳システムの略です」

「つまりＩＭＩＳは言語を翻訳するのですか？」ルイスがたずねた。

フランクは微笑んだ。「現状ではまだ実現できていませんが、それを目指していま す。ＩＭＩＳは、水族館にいるイルカから出される認識可能なすべての音を記録して解析します。クリック音、口笛、それに姿勢という要素もです。そのすべてを複数の場面で記録したあと、進歩した人工知能プログラムを使って翻訳のプロセスをはじめます」彼はまた微笑んだ。「少なくとも、翻訳を試みています」

ルイスは顔をしかめた。「ですが、そんなことが本当にうまくいくのですか？ 気になるのは、この画期的な大発明《ブレイクスルー》が成功するにはどれくらいかかるのかです」

「そう、記録段階、わたしたちはフェイズ１と呼んでいますが、その段階はすでに完了しました。今はフェイズ２、すなわち翻訳段階で、ここからはコンピュータに大きく依存します。残念なことに前例がないため、実現までどれくらいかかるか予測できません。とはいえ、知能プログラムはその過程で学習するよう設計されているので、毎日少しずつ頭がよくなっているはずです」

ルイスは感じ入ったように頭を振った。「いったいどうやってイルカと話すプログラムをつくるのです？」

「そこはＩＢＭの知恵を借りています」二人とも笑った。「実を言えば、ＩＢＭもスポンサー企業の一つです。彼らはハードウェアと、プログラミングの専門家集団を用意してくれました。ソフトウェアはきわめて優秀です」

「なるほど」ルイスはメモに目を落としながらつづけた。「資料によれば、ＮＡＳＡもスポンサーになっているとか」

「そのとおりです」

ルイスは頭を振った。「いいでしょう、ＩＢＭは理解できます。でも、どうしてＮＡＳＡが？　この研究にどんな興味があるのでしょう？」

「もっともな質問です。ＮＡＳＡは、わたしたちの研究の成果そのものよりも、むしろ使われている技術に関心を抱いているのです。この技術が確立したら、いつの日かそれを使って地球外の知的生命体とコミュニケーションを取りたいと考えているのです」

「本当ですか？」ルイスは心から驚いていた。

フランクは水を飲んでうなずいた。「ええ。彼らは、同じ惑星の別の生物と話すことができないなら、別の星のエイリアンとの意思疎通などとうてい望み得ないと考えています」肩をすくめる。「両者の基本的なアプローチはとても似ているはずですから」

「そして、今やあなたはそれを実現しようとしている」

フランクはまた微笑み、警告するように手を上げた。「いや、そう言いきるのはまだ早いかもしれません。かなり近づいているのはたしかです。たとえば六年前よりははるかに進歩していますが、乗り越えるべき課題がまだたくさんあります。正直なところ、とても長いあいだ待たされることになるかもしれません。申し上げたように、この先はコンピュータしだいです」

「それで、もし翻訳できるようになったら、イルカと何を話しますか？　まさか、水中で生活するのはどんな気分かとはきかないでしょうね」観客が笑った。

「どうでしょう、きいてみたいような気もしますが」フランクは微笑んで答えた。「ですが、すべては何を訳せるかによるでしょう。イルカは地球で二番目に頭がいい動物で、人間を除いては唯一、自意識のある種族です。たとえば水槽に鏡を置くと、そこに映る姿を見て自分の体を確かめさえします。彼らは自己と鏡像の関連性と、自分たちのまわりに世界があるという事実を認識しています。だからこそ、どれほど深く交流できるようになるかは計り知れません」

ルイスは興味津々でわずかに身を乗り出した。「一つ質問させてください。どこまで翻訳が可能かわからない現段階で、あなたは何を望んでいますか？　別の言い方をするなら、何年後かにシステムが完成したら、あなたは何を知りたいですか？」

フランクは首を傾げ、つかのまその質問について考えた。「そうですね、何よりも知りたいのは、イルカがどんな種族なのかです。それは、人類という一つの意識体が他の意識体に対して、そして一つの文明が他の文明に対して問いかけたいことであるはずです」

「文明？」

「そうです」フランクはつづけた。「文明とは、進歩した社会の状態と定義されます。たしかにイルカはなんの技術も産業も持ちませんが、集団の支配と文化は文明を定義する大きな要素です。人間と似て、イルカは社会的な生き物です。大集団、ときに何万頭という単位で生活し、活動していることがわかっています。そして何より興奮させられるのは、文化という概念があることです。くり返しますが、イルカには他の動物集団と比べ際立って優れた知性があります。ユーモアの感覚すら備わっています」

アリソンは、フランクがセールスマンの顔を見せはじめている様子を見つめた。こうして彼は長年にわたって資金を集めてきたのだ。彼の弁舌は天才的だ。

「イルカが複雑な言語を持っていることはわかっています。けれども想像してください……もし情報をお互いに対してだけではなく、世代から世代へと伝える能力まであるとしたら。それは血統という概念と、優れた認知能力を意味します。そしてそれこそが文化です！」

フランクの長広舌に、ルイスは圧倒された。彼はじっと座ったまま動けず、しばらくしてようやく口を開いた。「驚きました。本当にびっくりです」手を差し出す。「幸運を心から祈ります。ぜひまたいらしてください」

「ありがとう」フランクは微笑んで握手した。

「フランク・デュボア博士」ルイスは結びの言葉を口にした。「マイアミ市立水族館の館長でした」

「よし！」リーが手を伸ばして音量を下げた。「これでたっぷり資金が手に入るぞ」

アリソンは爪を嚙《か》みながらまだ微笑んでいた。悪くなかった。本当に悪くない。

6

パスファインダー号は、重量は三〇〇〇トン弱、満載時にも一六ノットという高速で航行できる海洋研究調査船である。一九九四年から海軍が活用している高性能な調査船で、大西洋全域で研究に携わっている。かなりの高度を飛んでいるシコルスキー社製のシーホークの窓からも、クレイは特徴的なその白い船体を見極めることができた。パスファインダー号は全長六〇メートルながら、それでも調査船としては小型の部類で、このサイズのヘリコプターの着陸は難しいはずだった。

シーホークは機体をわずかに傾け、徐々に高度を下げはじめた。クレイはリラックスして頭をヘッドレストにあずけた。隣では、スティーヴ・シーザーが熟睡している。海軍で多くの者が着任早々に学ぶことは、〝眠れるときに眠る〟だ。シーザーはその教訓を常に実践していた。クレイは、もしもそこにいたら、という定番のジョークをよく口にした。シーザーは真珠湾攻撃のただなかにも寝ていただろう、と。

クレイは海面まで高度が下がっていくのを窓から眺めた。数分後に水平飛行になり、わずか三〇メートルの高度を保って進み、澄んだ青い海にいる色鮮やかな魚の群れまで見えた。彼はシーザーを軽く叩いて起こし、シートベルトを締めた。

ヘリコプターは速度をさらに落とし、甲板の黒い着陸パッドのすぐ上で空中静止《ホバリング》した。操縦士が波で揺れる船の上下動にタイミングを合わせている。やがて機体が不意にすっと下がり、パッドにあたってはずんだ。徐々に速度を落としはじめた回転翼の下に隊員が近づいてきて、ドアを引き開けた。その隊員は素早く敬礼すると小さな梯子を外に伸ばし、クレイとシーザーにおりるよう身振りで示した。

二人はそれぞれバッグをつかみ、パッドにおり立って甲板を歩きはじめた。階段を二つのぼって白いスチール製のドアを開け、艦橋へと出る。

二人が近づいてくると、エマーソン艦長は顔を上げた。

エマーソンは嬉しそうに笑い、クレイに手を差し出した。「クレイ、調子はどうだ？」

「元気にしていたよ、ルディ。楽園での日々はどうだ？」

「悪くない。もう二年ばかり長袖を着ていない気がする」エマーソンは微笑みながら答え、シーザーに向き直った。「こちらは？」

「ルディ、こちらはスティーヴ・シーザー中佐だ。彼もE&Sだ」

エマーソンはシーザーと握手し、襟につけられている小さなバッジ——海神ポセイドンの三つ叉の槍《トライデント》がかたどられている——に目を留めた。「よろしく。きみも海軍特殊部隊だったのか？」

「よろしく。ああ、短期間だが。一九九三年にソマリアにいて、一年後に転属になった」

「ソマリアか」エマーソンはため息をついた。「あれは泥沼だった」

「たしかに。ぼくも何人か友人を失った」

エマーソンは顔をしかめ、うなずいた。「それで、きみたちのためにこうして駆けつけるはめになった理由を聞かせてもらえるかな？」

クレイは微笑んだ。シーザーと同じく、エマーソンも古くからの海軍の友人だった。エマーソンは古いタイプの船長を気取って、ぶっきらぼうな態度を装っていたが、本当のところは親身ないい男だった。彼なりにそうした演技を楽しんでいるようだ。海軍軍事海上輸送司令（ＭＳＣ）の主軸である研究船の船長が友人なのは、いろいろと好都合だった。ＭＳＣの主要な任務は、燃料、輸送手段、弾薬、物資を含む幅広い支援提供にある。合衆国海軍の支援システムの根幹に携わっているため、エマーソンは軍隊に関わる多くのことがらに精通していた。

クレイは肩をすくめた。「要は信号障害だ。ただ、アラバマ号がすぐに任務に復帰できるために、解決を急ぎたいんだ。たまたまきみが現場の一番近くにいて、しかも新しい偵察機を乗せているのは幸運だった」

「この船の乗り心地のよさは保証するぞ」エマーソンは部下に操舵《そうだ》を引き継ぐよう合

図した。「それに、トリトンⅡという無人偵察機はきっと気に入るはずだ。超低周波で動くので無線で使え、びっくりするほど活動範囲が広い」

「どこまで潜る?」シーザーがたずねた。

「一二〇〇メートル、ひょっとしたらそれ以上だ。テイにきいてくれ。彼が技術者のトップだ」

クレイとシーザーはどちらも感銘を受けた。無線で一キロ以上というのは驚きだ。

エマーソンは二人を外に案内し、先ほどと同じ階段を戻って艦橋からおりた。階段の一番下で、女性士官が立ち止まって敬礼した。艦長は足取りをゆるめずに、素早く敬礼を返した。そして二人がちらりと目配せしたのに気づいて、きかれもしないうちに説明した。「この艦には六人の女性士官が乗っている。独立したスペースを用意する手間はあるが、それだけの価値がある。女性を乗せると規律が乱れると思われがちだが、実はむしろ逆なんだ」彼はかがんで戸口を抜け、左に曲がったあと調理室に入った。「コーヒーは?」エマーソンはそう呼びかけ、ポットをつかんで、重ねられているマグカップを選んだ。

二人ともうなずき、順番にカップを受け取った。

「それで、信号障害というのは具体的にどんなものなんだ?」

クレイは肩をすくめた。「それがはっきりしないんだ。あまり深刻なものではなく、たぶん海底の土壌の鉄の濃度が影響したのだろう。分析のために土のサンプルがほしい」マグカップを口に運ぶ。「明らかな原因が見つからなかったときは、古い潜水艦でまた戻ってきて、再現実験をしなければならないかもしれない」

シーザーはエマーソンを見た。「ちなみに艦長、パスファインダー号のシステムログを借りて、アラバマ号の記録と比較したいんだ。鉱物がぎっしりたまっている海底までの距離が関係していると思われるので、さしあたり海上の船は問題がないことを確かめておきたい」

「それは当然だ」エマーソンはうなずき、腕時計に目をやった。「船尾に行こう。テイたちが、トリトンⅡを使う準備を終えている頃だ。問題の地点には数分以内に到達する」

クレイとシーザーが艫《とも》に出ると、数人がトリトンⅡを甲板から持ち上げてゆっくりと海の上に動かしているところだった。一目で、これまでの海軍の遠隔操作による探査機とはまったく違うことがわかった。旧来の円筒形のデザインとは異なり、透明な球体をU字型に囲むつくりだ。後部と思われる箇所にはモーターやフィンが取りつけられていたが、それでも全体としては球形に見えた。伝統的なデザインとは異なり、球体の構造はあらゆる面に均等な圧力がかかるので、本質的に強度が増し、それだけ深くまで潜ることができる。円筒型の構造の場合に必要とされる、桿体の強度を増すための特別な工夫をしなくてもいいわけだ。その代償は、もちろんスピードだ。水と接触する表面積が増えるため、古い機種よりも二五パーセントは速度が落ちるはずだとクレイはあたりをつけた。それでも、何千メートルもの長さの太いケーブルを船に乗せる必要もなく、しかも従来より深くまで探索可能という利点があるのだから、人気なのもうなずけた。

エドウィン・テイは中国系の男で、三〇代後半に見えた。その場では一番背が低かったが、責任者であることはすぐにわかった。探査機を可動式の長くて太いアームにつるして海面上へと手際よく移動させているあいだ、テイは常に指示を出しつづけていた。やがて彼が振り向いてそのまま固定するよう一人に指示を出すと、そのあとすぐにエンジンの鈍い響きが消えて船はゆっくり止まりはじめた。そこでエマーソンはテイに合図し、手を振って呼び寄せた。

「ミスター・テイ、こちらはジョン・クレイ中佐とスティーヴ・シーザー中佐だ。わたしの友人で、ワシントンのE&Sチームから来た」

テイは二人と握手を交わした。「我が艦にようこそ。ぼくらの新しい探査機で遊んでみたいそうですね」

クレイが笑った。「遊びたいところだが、実は少しばかり退屈な作業になるんじゃないかと心配しているんだ。土壌のサンプルを少量採取して持ち帰りたいだけなのでね。きみたちがこの海域にいて、しかも新しい探査機を持っていたのは幸運だった」

テイは振り向き、空中でかすかに揺れている探査機を見た。「こいつは優れものですよ。バッテリーの寿命は少し短いものの、将来的にはそれも改善されるはずです。現状でも、一〇〇〇メートルくらいまで問題なく潜ります。しかも、画像はケーブルテレビなみに鮮明とくる」彼はウインクしてみせた。

「洒落《しゃれ》た形をしているな」シーザーが言った。

テイはさっと額をぬぐった。「まだいくつか確認作業が残っていますが、あと一五分かそこらで準備が終わります。もしお腹がすいているならこの船の食事はなかなかのものですよ」

クレイは胃のあたりに手をあてた。「それは楽しみだ」

「それなら何か食べるとしよう」エマーソンが先ほどやってきた方を顎で示してみせた。「ちょうどランチタイムだ」

エマーソン艦長は帽子を脱ぎ、髪の生え際をかいた。白髪まじりの髪は軍人らしく短く刈り込まれている。彼は隣の席に帽子を置き、二杯目のコーヒーを飲みながら話しつづけた。「早く解決しろとせっつかれているんじゃないのか？　政府は、あれだけの隊員を乗せた潜水艦を港に寝かせておくのを喜ぶまい。毎日金を垂れ流しているようなものだものな」

「そのとおりだ」クレイは顔をしかめた。

エマーソンも顔をしかめた。「ラングフォードが後ろ盾《だて》になってくれているといいんだが」

「彼には助けられてる」クレイは、シーザーがポークチョップにかぶりついている様子を見ながら言った。料理はたしかに美味《おい》しい。「ミラー国防長官には費用のことをうるさく言われているが、ラングフォードはずっと譲らないでくれている。あとは結果を出すだけだ」クレイはマグカップに手を伸ばした。「正直、この海域に異常があるのかどうかわからないが、とにかく可能性をつぶしていくしかない。これまで潜水艦そのものにも人工衛星にも何一つ異常が見つかっていないので、あとは現場を調べるしかないわけだ。もしも土壌に鉄や他の鉱物が豊富とわかれば、それが原因かもしれないという報告書を提出することになる。ただその場合、科学的な検査と分析が必要になるから、何年も結論が出ないままかもしれない」

エマーソンはうなずいた。「原因が特定できなかったときは、アラバマ号は次の日には出航するだろう。テストを重ねて結論が出るまで待っているわけにはいかない」

クレイはサラダを口に運んだ。「それで、調査の最前線で何か面白いことは?」

エマーソンは首を振った。「最近のプロジェクトは商売っ気が増していくばかりだ。

企業が〝国家の安全に貢献するため〟という大義を振りかざす政府の友人たちとつるんでいるんだ。最近はエネルギー、とりわけ石油に結びつくものはすべて、国家の安全に関わるとされるのさ。ここ数年の我々の任務のほとんどは、表向き海洋調査を装った土壌サンプルの採掘だった。どれも一皮むけば、大企業のために新しい埋蔵石油を探しているだけさ」いかにも不機嫌そうに椅子に背をあずける。「いやはや、企業は政府をあやつる人形使いになってしまった」エマーソンはげんなりとため息をついた。「もはや我々が知っている海軍ではないのだよ」

「同感だ」シーザーが最後のひとくちを食べ終えて言った。「冒険ではなく、ただの仕事に成り下がった」

エマーソンは笑い声をあげた。「まったく堕《お》ちたものだ」また身を乗り出してフォークを取る。「だが誤解しないでほしい。それでも調査という分野には興味深いことがまだまだある。そうさ、トリトンⅡでこれまでより深くをのぞけるようになったことだけでも、充分に興奮をかきたてられる。検査の精度が増したことで、海軍は水中センサーという分野や、データと変化をリアルタイムでとらえるリビングマップの開発に取り組むようになった……画期的なアイデアだ」

「面白そうだ」シーザーはグラスの水を飲み干した。「そいつを武器にするためにいったいいくらつぎ込むのやら」

エマーソンは、今度はさらに大きな声で笑った。「気に入ったよ、シーザー。皮肉屋だな。どこでクレイと知り合ったんだ？」

シーザーはクレイに微笑みかけてから答えた。「一九八九年だったかな、海軍特殊部隊の訓練中に出会った。クレイはそのあとしばらくして部隊を追い出された。あれはどうしてだっけ？」冗談めかしてたずねる。「ドレスを着たせいだったかな？」

クレイはにやりと笑った。「膝の怪我《けが》だ」

「そうだった。ともあれ、それ以来クレイは特殊部隊のチーム・ワンとツーの古参たちと情報活動に携わるようになり、そのあと何年かはたまに一緒に仕事をする程度だった。やがてクレイは調査部に移ったが、その後も連絡は取りつづけていて、そのうちに自分のチームに加わらないかと誘われたんだ」

「だからワシントンに移ったわけか」エマーソンは愉快そうだった。

「断れなかった」シーザーは肩をすくめた。「クレイにはたっぷり弱みを握られていたものでね」

「悲しいかな、スティーヴはみんなに弱みを握られてるんだ」クレイが茶々を入れた。

「それにしても、特殊部隊から電子工学の専門家か。ずいぶんと派手な転身だ」エマーソンが言った。

「まあ、クレイと同じように、ぼくも特殊部隊に入る前には科学の世界にいたのでね」

艦長はうなずいた。「だとしても、我々がこれまでに出会わなかったのが不思議なくらいだ。クレイがE&Sの威光を振りかざしてわたしの船をハイジャックしたのはこれが初めてじゃない」

「そう、前のときは」クレイは、思い出しながらシーザーにうなずいてみせた。「エマーソンは結婚するところだった……二度目の結婚だ」

「どの港にも一人は女がいるといったところか」エマーソンは腕時計に目をやった。

「そろそろ準備ができたはずだ。きみたちを通信室に案内したら、わたしは艦橋に戻る」

通信室は、調査を指揮する本部として使われていた。壁にはびっしり計器が並んでいたが、予想していたよりも広く、とても清潔だった。エマーソンが規律をしっかり守らせていることがそこからもうかがえた。クレイとシーザーは軽く頭を下げてなかに足を踏み入れた。そこには何人かがいて、一人が遠隔操作のためのコントロールパネルらしきものの前に座っていた。テイはその男の後ろに立ち、いくつかの装置を確かめていたが、エマーソンがうなずいて合図するのを見るとすぐに立ち上がった。

「用意はいいですか？　こちらの確認は終わりました」テイは小さな窓の外をちらり

と見た。「どれだけサンプルがいるかによりますが、日が沈むまで時間はたっぷりあります」隣にいる部下に合図する。「二人が座る椅子を用意してくれ、ピート」

クレイとシーザーは椅子に座り、モニタがはっきり見えるよう前に動かした。二台のモニタには映像が映し出されていた。片方は金属のアームにぶら下がって揺れている探査機の画像、もう一つはトリトンⅡの球体のなかから見えている画像だった。穏やかな波がゆらゆらとあたっている様子が、強化プレキシガラスを通して歪《ゆが》んで見える。

「よし、システムはすべて正常か？」テイが部屋を見まわしてたずねた。部下たちのほとんどがそれぞれの装置から振り向き、「はい」と答えてうなずいた。

座っていた男が身を乗り出し、クローム製のハンドルを握って引いた。全員の目が一台目のモニタに向けられ、探査機が鋼鉄のアームからすぐ下の水面に落ちるのを見つめた。「有線の探査機だと、ここでいつも苦労させられていたのですが」

二つ目のモニタに、トリトンⅡのほぼ下半分が水面下に沈み、窓に水があたって泡立つ映像が映った。

「すべての情報を映してくれ」一瞬のち、別のモニタの電源が入って、さまざまな統計数値やグラフが表示された。一番大きなモニタが探査機の九つのモーターのバッテリーの残量とグラフだった。それぞれのグラフには個々のモーターの電流と回転数が表示され、粒状の模様が浮かんでいた。「問題なさそうだ」

ジム・ライトフットは座ったまま大きな操縦桿をつかみ、そっとひねった。探査機は右に傾き、船から離れはじめた。

「よし」テイはまっすぐに体を起こした。「潜水艦に問題が生じたときの深度は？」

「五七〇メートル」

「わかった。ライティ」テイは仲間の肩を軽く叩いて呼びかけた。「降下開始」

操縦桿が軽く前に押されるとトリトンⅡは海中に潜りはじめ、すぐに映像が鮮明になった。海水は透明で、海底に向けて降下するにつれダークブルーに染まっていく。

「全速前進」

ライトフットは操縦桿を前に押しつづけ、探査機が速度を上げると海中の小さな泡が素早く流れ去りはじめた。クレイは顔を上げ、モーターの回転数が上昇するのを見つめた。

「ライトをつけろ」テイが呼びかけた。トリトンⅡの前面を環状にふちどるようについているＬＥＤが灯《とも》ると、徐々に暗くなっていた海中にたちまち白い光のトンネルができた。

シーザーはいたく感心した顔でクレイを見た。

「三〇メートル通過」乗組員の一人が声をあげた。

「それでは、土壌の鉄分が潜水艦の計器を狂わせたと考えているんですね？」

「そういう仮説を立てている。このあたりの海底は磁力が強いようだ。それが影響した可能性がある」

「だとしたら、相当な量がたまっているはずだ」テイがモニタに視線を戻しながら言った。「いっそ所有権を主張して、採掘をはじめるべきかもしれませんね」彼はにやりと笑った。

クレイはそれに応じて微笑んだ。そうした発見に商業的な価値があるとは考えもしなかった。潜水艦の信号に障害を与えたとしたら土壌成分が驚くほど豊かなはずで、採掘会社が目をつけるかもしれない。

「あるいは、古くからのバミューダ・トライアングルの謎がついに解けるのかもしれない」テイが言った。

そしてカリブ海を採掘装置で汚すことになる、とクレイはふと思った。

「一〇〇メートル通過」

モニタの映像は今ではトリトンⅡの真正面、暗い海水のなかに浮かぶ白い光の輪だけを映し出していた。海中の小さな泡は今では速度を増して、点ではなく線のように見えた。クレイは、古いＳＦ映画で星が高速で通り過ぎていく特殊効果を思い出した。

「今のバッテリーだと、トリトンⅡの活動範囲はどのくらいなんだ？」シーザーがたずねた。

「速度によります」テイが答えた。「今回想定している速度と深度では、数平方キロにわたって探索して戻ることができるはずです」

「二〇〇メートル通過」

「ちなみに海底の土は一五センチくらいまでしかすくえないことはわかっているでしょうね？　搭載しているのは——」テイはモニタの乱れに気づいて言葉を切った。

「妙だな。これまでこの深度で画像が乱れたことはないのに」画面を見つめたまま、首をかすかに傾げる。「記録しておこう」彼が呼びかけると背後で乗組員の一人がキーボードを打ち、別のモニタにトリトンⅡが映した映像のコピーが表示されはじめた。その右上隅には、録画が進行中であることを示す赤い点が浮かんでいる。

「三〇〇メートル通過」

画像は今ではさらに激しく乱れ、クレイは子供の頃に使っていた古いテレビアンテナの受像器を思い出した。画面はすぐ砂嵐のようになって何も見えなくなった。

「しかたない、速度を落とせ」テイが指示した。

ライトフットは操縦桿をゆっくり引き戻した。

「四〇〇メートル通過」

「速度を落とせ！　落とすんだ！」テイが怒鳴《どな》った。

「やっています」ライトフットが答えた。操縦桿をさらに強く引いたが、速度に目立った変化はない。たくさんの粒が飛ぶように流れ去りつづけ、障害がひどすぎて、もはやほとんど何も見えなかった。

「急速回頭！」

ライトフットはトリトンⅡを傾けて急激な降下を止めようと操縦桿をひねった。しかし、映像はかすかに揺れただけだった。

「制御不能！」ライトフットが叫んだ。

彼は必死になり、操縦桿を思いきり右に押した。だが探査機はなおも沈みつづけた。今度は操縦桿を左に動かす。「反応がありません！」

テイがライトフットを押しのけるように駆け寄り、コントロールパネルのボタンに手を叩きつけた。「信号を失う前に浮上させろ！」

一瞬のち、モニタ画面が真っ暗になった。乱れた映像は信号もろともに消えた。

長い沈黙ののち、テイが吐き捨てた。「なんてこった」ため息をつき、額をこする。

「ソナーで追跡して、どこに着地したかたどってみます。運がよければ、燃料タンクを空《から》にして海面まで浮かばせることができる」テイは体を倒して壁際にある金属製の机にもたれかかり、一瞬考えてからクレイに向き直った。「もし浮かんでこなかったら、有線の探査機を持っている別の船を呼ばなければならなくなります」

「それにはどれくらいかかる？」

「その船がどこにいるかによります。たぶん数日。もしこの船で待っていたいなら、すぐに部屋を用意します」

「ありがとう」クレイは部屋を見まわした。「陸地に戻る船を呼ぶのに使える電話はあるかな？」

「はい」ライトフットが立ち上がりながら答えた。「案内します」

シーザーは顔をしかめ、二人が出ていくのを見つめた。さらに三日。ラングフォードが聞いたら喜ぶまい。

テイはシーザーに向き直った。「たしかに、海底に何かがあるようです」空白のモニタに視線を戻す。「トリトンⅡは三ヘルツの超低周波を使っているので、ほとんど影響を受けないはずなのに。問題がなんであるにせよ、鉱物の堆積じゃないことはたしかです」

7

アリソンは冷たいコーラを持って、暗い廊下を歩いていた。炭酸は好きではなかったが、今はとにかくカフェインが必要だった。彼女は腕時計に目をやった。まもなく日付が変わる。ここ数日はオフィスで寝ていたので、家のことを考えてしまう。アリソンが研究室に入ると、リーがまだ机の前に座っていた。棚に並んでいるサーバーの緑色のライトがいくつもきらめき、暗い壁にその光が淡く反射しているのを見つめている。

「まだここにいたのね」アリソンはそう言って椅子を引き、彼の隣に座った。

リーは首を動かさずに微笑んだ。「本当は家に帰るべきなんだろうな。くたくただ」

「どうして帰らないの？」

リーはうっすら笑みを浮かべて彼女を見た。「きみはどうして帰らない？」

「あなたのサーバーが何をしてくれるか楽しみで」アリソンはいたずらっぽく答えた。

「長くかかるかもしれないぞ、アリ」彼はサーバーに目を戻した。「何かを吐き出してくれるまで、何年もかかるかもしれない。ひょっとしたら、結局何も吐き出さないかもしれない」疲れを振り払うように、目を大きく見開く。「けれどもぼくも同じで、興奮しすぎていて家に帰れない。ここに座ってあれが動いているのを見ていると……わからないな……ほとんど中毒だ」

〝あれ〟というのは、机の上にある大きなフラットパネルのモニタだった。その画面には、一〇〇以上のサーバーから送られてきて常に解析されているデータがまとめて表示されている。画面の上半分には、表計算ソフトの折れ線グラフのようなぎざぎざの線が左右いっぱいに流れていた。その線は、過去四年間、毎日二四時間記録されつづけている生データのさまざまな動きを示している。周波数、クリック音の間隔、音域、動画。線は画面から飛び出すほど上下に振れていて、システムはその流れと無数の情報との関連性を探しつづけている。

リーは壁際の一番端のラックを見た。そこにあるシステムは明らかに他とは違い、ライトがはるかに少なかった。サーバーとは異なり、すべてのライトが同時に点滅している。無数の変数の連続に見えるデータそのものを保存してある数千テラバイトのラックで、そのすべてをIMISがひたすらふるいにかけていた。

アリソンは、リーのその装置に対する特別な思いいれを知っていた。彼はIBMと協力して準備段階から関わり、今動いている人工知能ソフトウェアを設計したプログラミング・チームの一員だった。そして巨大な水槽のまわりに死角がないよう配置され、ダークとサリーの動きと体をあらゆる角度から記録しているデジタルビデオカメラと録音機器の専門家でもある。システムは、そうした映像を他のデータとともに一コマずつ調べていた。アリソンは海洋生物学者であり、人工知能の理論は理解を超えていた。けれどもリーはとても頭がよく、このアルゴリズムをこれまで何千時間もかけて試してきた。もしこのプロジェクトが失敗したとしても、それは誰かの努力不足のせいではないことをアリソンは知っていた。実のところ、彼女にとって最悪の恐怖は、ＩＭＩＳが何かを発見するよりはるか前に自分たちが引退しているか、死んでしまっているかもしれないことだった。

アリソンはリーとともにモニタに目を向け、不規則なグラフが流れていく下に次々に浮かぶイルカの映像を見つめた。

「何かわかると思う？」アリソンは組んだ腕に顎をのせながらたずねた。

少し間があいたのち、リーはため息をついた。「どうかな。うまくいくことを心から願っている」振り向いて彼女にウインクした。「ここまでやってすべてが無駄なんてことになったら、あんまりじゃないか？」

「まったくだわ」アリソンは彼の腕を優しく叩いた。「家に帰りましょう。いいかげん、自分のベッドで寝るべきよ。奥さんが押しかけてきて、さんざん文句を言われるのはいやだわ」

リーは笑って立ち上がった。「ああ、それはいやだろうな。たしかに」

アリソンはシボレーの運転席に座り、リーの車が走り去るのを見つめていた。街灯の淡い光を浴びている車のなかから、建物の向こうに広がる暗い海に目をやる。何年も夢見てきた日を迎えたというのに、彼女は猛烈におびえていた。これまで研究と計画と文書作成に費やしてきた何万時間もの努力のすべては、このときのためにあった。第二段階。ここから先こそがまったくの未知の領域であることはわかっていた。情報を集める作業ではなく、実際に翻訳を試みる段階。リーの言うとおり、これは大ばくちだ。本質的に人間の論理という枠に制限されるなかで、他の生物の言葉が解読可能かどうか、知るすべはなかった。

アリソンは、自分が最初からずっとこの段階が訪れるのを恐れていて、目の前の作業に集中することでその恐怖を抑えつけ、無視しつづけてきたことに気づいた。うまくいかなかったらどうしよう？　これまでの六年間がまったくの無駄で、結局は分厚い壁にぶつかり、強力なコンピュータ・システムをもってしてもデータを意味のあるものにできなかったら？　データの集め方が間違っていたら？　何か重要なピースを取りこぼし、それに気づかないままだったら？

アリソンは合皮の座席に背をあずけ、目を閉じた。神様、お願いだから助けて。何もわからないまま死にたくない。

8

一一月の南極は過酷な環境だ。海抜三キロを超える大陸の内部では、気温はマイナス五〇度まで下がる。ハリー研究基地はロンネ氷棚の南端近くにあり、地球で最も苛《か》烈《れつ》な気候の研究のための拠点として使われていた。合衆国とヨーロッパが共同で資金を提供して共有し、一年を通してさまざまな研究チームが利用する施設だった。研究の多くは、数千年単位での気候の温暖化を計測するものだった。凍った大地から削り取った氷のサンプルを使った調査により、衝撃的な事実が判明した。地球は急速に、記録に残されているどんな自然のサイクルよりも早く温暖化が進んでいる。本国でその原因と影響についてどんな議論や理論が錯綜していようが、その結論には疑問の余地がなかった。気候は温暖化し、氷の大陸は溶けつつある。

レオ・トービンとゲイル・プリースはあと三週間、ハリー研究基地にとどまることになっていた。調査はすでに終わっていたので、今はこれまで集めたデータの編集作業を行っていて、狭いコンクリート製の前哨《ぜんしょう》施設のなかで寄り添うようにして、日々ディーゼル燃料の残量を確かめながら暮らしていた。午前二時、彼らは寝台に横になっていた。普通の人なら明日を迎えることができるのだろうかと不安になるほど激しい風の音を聞きながら眠ることに、とっくに慣れている。二人は特殊加工のブランケットにくるまっていた。レオはウールキャップをかぶった頭をブランケットから突き出していたが、ゲイルの頭はその分厚い生地の下に完全に隠れていた。ブランケットがゆっくり上下しているのが、ゲイルがそこにいることを示す唯一のしるしだった。

無地の灰色の壁には雑多な道具、服、ポット、フライパンといった、つつましい生活の必需品がかけられていた。入口から見て一番奥の隅、大きなプロパン暖房機の隣に金属製の机があり、その上には手書きの書類の山と、極限環境での使用に特化してデザインされたタフブック・ノートパソコンが二台置かれている。〝トイレ〟と記されているもう一つのドアはしっかり閉められ、外で吹き荒れコンクリートの壁にしつこく叩きつけてくる風の攻撃をかろうじて遮断していた。

最初、低くうなるような奇妙な音が外の風に乗って届いた。その音が大きくなるにつれて、部屋中のものがぶつかる、かたかたという音も大きくなった。壁が激しく震えはじめ、フライパンがフックからはずれて床にばらばらと落ちた。パソコンが一台、机をすべって落ち、それにぶつかった金属製のバケツが床を転がった。轟音《ごうおん》は耳をつんざかんばかりになった。

レオは寝ぼけたまま寝台から飛びおり、何か支えになるものをつかもうとした。振り向くと、ゲイルがベッドから転げるようにして床に落ちるのが見えた。レオは、ブランケットをはごうとしているゲイルの腕をつかんで引き寄せた。地震だ！

二人はお互いにしがみつきながら、一番近くの隅に体を寄せ、頭を覆った。小さな建物は不気味に揺れつづけ、今ではまわりにあるものすべてが落ちてきた。レオはゲイルの分厚いブランケットの端をつかむと、自分たちの体に巻きつけた。厚い生地で身を守りながら、建物が持ちこたえることを必死に祈る。彼は頭を下げ、ゲイルをしっかりと抱きしめた。


地震は二分足らずで終わったが、風がおさまったのはさらに五時間後だった。午前七時、ようやく風が落ち着いた頃、崩壊を免れたハリー研究基地の分厚い金属製の扉がさっと開いた。レオとゲイルが完全防備の格好で二人並び、外に出てくる。太陽を見るのがこれほど嬉しかったことはない。南極で過ごした日々のなかで、昨夜は彼らが最も死に近づいた瞬間だった。建物の壁に小さな穴が一つでも開いていたら、風が二人の命を奪ってしまっただろう。

彼らは見渡す限り広がる、凍った大地を見まわした。レオは送信塔を見上げて顔をしかめた。塔そのものは無傷のようだが、その内側にある短波通信機が砕けていた。ありがたいことに、予備の通信設備は無事だ。彼は分厚いジャケットのポケットから煉瓦《れんが》ほどの大きさの衛星電話を取り出して、やたら長いアンテナを伸ばした。

レオが番号を押すために手袋をはずしているあいだに、ゲイルはスノーモービルの方に歩いていった。一台がもう一台に乗りかかるようにして重なっていたが、それでもどちらも壊れていないように見えた。大きなディーゼル燃料タンクをおさめた頼りない小屋も、基地と同様に持ちこたえているようだ。彼女は振り向いて、あたり一帯をぐるりと確かめた。建物のなかの混乱が嘘《うそ》のように、すべてが不思議なほどいつもどおりに見えた。

「マクマード、こちらはハリー研究基地のトービンだ。聞こえるか？」レオはゲイルを見つめながら電話に向かって叫んだ。「ああ、ぼくらは大丈夫だ。昨夜地震があった」言葉を切り、周囲を見まわす。「重要なシステムはすべて正常に見えるが、短波通信設備を失った。くり返す、短波通信を失った。これから基地のまわりを調べたあと、スノーモービルで周辺の様子を確かめに行く」彼はまた耳を傾けた。「ああ、わかった。了解だ」

レオは電話を切ってポケットにおさめた。「このあたりの様子を確認したあと、もう一度連絡がほしいと言われた。もし何か緊急の問題が見つかったら、こちらへの補給を早めてくれる。何もなければ、来週新しい短波通信設備を持ってきてくれるそうだ」

ゲイルはうなずいた。「ええ、発電機が動くから熱と電気は使えるし、食料と水は間違いなく足りているわ」

二人は裏返しになっているスノーモービルを一緒につかんでひっくり返した。「この程度ですんでよかった」レオはスノーモービルの燃料タンクに漏れがないか調べた。

ゲイルはイグニションのキーを何度かまわして、異常がないか確かめた。

「おい、あれを見ろ！」ゲイルは振り向いてレオが指さしている方向に目をやり、ぎょっとしてあえいだ。遠くの地平線あたりには、青い空を唐突にさえぎるように巨大な〝白い〟壁がそそり立っていた。

「いったいあれは何かしら？」

レオは首を振った。「わからない。嵐ではないな」彼はスノーモービルに乗り込んだ。「確かめに行こう」

ハリー研究基地はアムンゼン・スコット南極基地から一五〇〇キロ以上、マクマード補給基地からは一五〇〇キロ以上離れていた。つまり、すぐに救助隊が駆けつける見込みがないため、彼らはあくまで慎重にスノーモービルの速度を抑え、一時間ほどかけて白い壁のそばまで到着した。近くで見ると、南極でよく見られる〝ホワイトアウト〟に似ていたが、その壁はまったく動いていなかった。逆に、いつまでも空中にじっと居座っているように見える。

レオとゲイルが横に並んでその白い霧のようなもののなかへと入ると、たちまち視界が悪くなり一メートル先も見えなくなった。彼らはスノーモービルの速度をさらに落としてのろのろ進み、嵐によって露出した亀裂が不意に現れないか、注意深く地面を観察した。彼らの基地は氷棚の研究のための施設だったので、この区域にはこれまで何度も来ていたが、今は自分たちがどこにいるのかはっきりわからなかった。

レオは立ち止まり、サングラスをはずして周囲を見上げた。太陽は完全にさえぎられ、白い大地を詳しく確かめるのはいっそう難しくなっていた。ゲイルはスノーモービルをニュートラルにし、携帯用のGPS装置を取り出した。

ゲイルはゴーグルをフードの上にずらした。「まだ最初の稜線から八キロくらいのところにいるわ。どこまで行くつもり？」

レオは白い霧を注意深く見つめた。「この霧は薄くなりはじめている気がする。ただ、どこまで広がっているかわからない。あと少しだけ進んでみよう」

ゲイルはうなずき、GPS装置をふっくらしたパーカーのポケットに戻した。彼らはゆっくりと前に進みつづけた。

さらに数分たつと、視界は徐々によくなっていき、太陽もごくわずかに差し込みはじめた。彼らは少しずつ速度を上げながら、地面を注意深く見つめつづけた。

「危ない！」不意に、レオがブレーキを思いきり踏んでスノーモービルを止めた。スノーモービルは雪原に勢いよく頭から突っ込み、レオは体を反らして後ろに吹っ飛んだ。そのまま雪の上に頭から落ちて転がり、そのすぐ脇をスノーモービルが後部を宙に浮かせたまま消えていった。

ゲイルはレオを避けてハンドルを強引に切り、危うく横転しそうになった。歯を食いしばってかろうじて踏ん張り、目の前から不意に消えた彼のスノーモービルもろとも落ちてしまわないようにした。「なんてこと！」

ゲイルはスノーモービルから飛びおりてあとずさった。安全を確保するため、レオと一緒にさらに数歩下がる。

「いったいあれはなんだ？」レオがそうつぶやきながらゆっくりと前に歩きはじめるのを見て、ゲイルは思わず彼を後ろに引っ張った。

しかしレオは先ほど倒れたあたりまでじりじりと近づき、その向こうにできている陥没の深さを確かめようとした。陥没の縁の近くで、何度か地面を強く踏みしめて雪の強度を試してみる。ゲイルは慌てて彼の片腕を握り、身を乗り出して縁の先をのぞいているあいだ支えようとした。下の方に、彼のスノーモービルが横倒しになっているのが見えた。

「どれくらい深いの？」ゲイルは手に力を込め直し、レオの背後からたずねた。

レオは首を振った。「五メートルくらいだ。だが……これはただの穴じゃない」ゲイルにそばに来るよう手招きする。「ここに来るんだ、気をつけて」

ゲイルはおそるおそる進み、縁の向こうが見えるところまで歩いた。霧がしだいに晴れてきたあたりに目をやると、陥没が遠くまでつづいているのがわかった。

「なんてこと」

「驚いたな。陥没はずっと先までつづいている」レオは彼女を抱えるようにして縁から下がった。「GPSはどこを示している?」

ゲイルはGPSを取り出して、自分たちの座標を確かめた。それから不安げな表情を浮かべて彼を見た。

「ぼくらはどこにいるんだ?」レオはたずねた。

ゲイルは首を振った。不安は恐怖に変わりつつあった。「氷棚には少しも近くない、ない」

9

水族館の建物はすべての扉に鍵がかけられ、このあと八時間は開かない。ディスプレイの明かりはすべて消され、天井のまばらな常夜灯がタイル張りの長い廊下をぼんやりと照らしていた。壁に貼られているイベントを紹介するポスターは、薄暗い影に沈んでほとんど読めなかった。

研究室の照明もすべて消え、今はサーバーの小さなランプのまたたきが部屋を不思議な模様に照らしていた。空調が切れているので、機器の音だけがやたら大きく響く。実のところ、聞こえているのはサーバーの音だけだった。

リー・ケンウッドの机に置かれたモニタの画面の一番上には、カラフルなデータの線が躍るように流れている。ＩＭＩＳシステムは休むことなく動き、ひたすら解析しつづけている。

不意にあらゆる線が一点で交わり、その焦点がすぐに大きな緑色の輪で囲まれた。警告音が鳴って、左下隅に文字が現れる。〝翻訳された単語数：１——正確性：約77%〟

データのグラフは、止まったときと同じように唐突にまた動きはじめた。

10

アリソンは水族館の裏口でマウンテンバイクを止めて飛びおりた。今は正午近く、昨夜置きっぱなしにした請求書の封筒を取るために立ち寄るだけだと自分に言い聞かせていた。その請求書は、過去二年間というもの週七二時間働きつづけてきた代償の一つだった。電気がまだ止められていないのは奇跡だ。彼女は自転車を壁にもたせかけ、座席の下の小さなポーチから鍵を取った。デッドボルトを二つはずしてドアを開けると、きしむような音が響いた。そのまま暗い廊下を足早に歩き、そこで別のドアの鍵をまた開けて、開放型水槽に降り注ぐ日射しがガラス越しに差し込む明るい研究室に入った。水槽の奥の方で、冷たいガラスに鼻を押しつけて見ている子供たちの前をダークとサリーが泳いでいる姿が見えた。

アリソンは微笑みながら自分のオフィスに入った。狭く簡素な部屋には、机とコンピュータ、電話、それに壁際に簡易寝台があるだけだった。本や書類はきちんと積まれ、整頓されている。彼女はときに人をいらっとさせるほど几帳面なのだ。アリソンはまたたいていているライトの隣のボタンを押して、電話機に暗証番号を打ち込んだ。机のまわりを見ていると、メッセージが再生されはじめた。

「はじめまして、ミズ・ショウ。わたしはジェイ・サンダーランド、マイアミ・インディペンデントの記者です。あなたにインタビューを――」

アリソンはうめいてそのメッセージをスキップした。次のメッセージも似たようなものだった。彼女は封筒を探して机の上を調べつづけた。顔をしかめて上を向き、一瞬考えてからかがんで戸口の向こうに目をやる。リーの机の上に封筒が置かれ、彼女の携帯電話が重しのようにのせられていた。

彼女は早足でそちらに近づいて封筒をつかんだが、そのとき不意に何かが目に入った。モニタを見るなり、目を丸くする。「信じられない！」

アリソンはパニックになって携帯電話に手を伸ばした拍子に、封筒だけでなく電話や書類のほとんどを床に落としてしまった。慌てて電話を拾い上げ、震える手でメールを打ちはじめる。

昼近くの日射しがブラインドから差し込み、大きなクイーンベッドに寝ている男の体にあたっていた。部屋には大きなドレッサーと机があるだけで、その机にはノートパソコンが置かれ、書類が山と積まれていた。壁には、何かのイベントで友人たちと撮った写真が何枚も飾られている。写っている風景はさまざまで、海岸や山もあるが、小さな田舎の村とおぼしき場所が多かった。

自他共に認める寝坊のクリス・ラミレスがまだうつぶせでベッドに寝ていたとき、携帯電話が鳴った。彼は寝ぼけまなこでため息をつき、ぼんやりとヘッドボードに手を伸ばして電話を探った。それから寝返りを打って布団を頭から押しのけた。目をこすり、電話を顔のすぐそばに寄せてメールを読む。
「なんだって！」クリスは叫び、素早く立ち上がろうとしてよろけ、シーツもろとも床に転げ落ちた。必死にシーツを引きはがそうとし、それを引きずりながらバスルームに駆け込む。そこで立ち止まり、メールを読み直してから冷たい水で顔を洗い、濡れた手でくしゃくしゃのブラウンの髪をかき分けた。

狭いアパートメントのリビングルームで、リー・ケンウッドはコンピュータの大きなモニタを見つめていた。髪はつんつんと立ち、顔には無精髭が伸び、長いあいだ椅子に座ったままでいたことがうかがえた。彼は軽量のヘッドフォンをかけ、ゲームのキャラクターが危険な武器を持って大きな部屋を出たり入ったりしている画面を夢中でにらんでいた。ゲームのなかでは、彼のアヴァターが敵を探して左右を見まわしている。敵の姿が見えないので、リーはリラックスしてマウンテン・デューの缶に手を伸ばした。中身を一気に飲み干したところで、携帯電話からボブ・シーガーの〈オールド・タイム・ロックンロール〉のメロディがけたたましく鳴りはじめた。彼は画面に目を向けたまま、電話に手を伸ばした。しかしそれをつかんで小さな液晶ディスプレイをのぞき込んだとたん凍りついた。「なんてこった！」彼は椅子から飛び上がり、ヘッドフォンをむしり取ると開いているドレッサーの引き出しからパンツを引っ張り出した。それに片脚だけ突っ込んで、飛び跳ね、よろけるようにして寝室の戸口を抜けた。

リーは妻が眠っている寝室の戸口の前をいったん通り過ぎたあと素早く駆け戻ってきて、大きな引き出しからTシャツを引っ張り出した。「出かけなきゃならないんだ、ハニー！」

フランク・デュボアと彼の妻は、小さなフランス風のカフェのパティオの小さなテーブルに座っていた。丈の高いシェードが強い日射しをさえぎってくれている。彼はタブレットで『ウォール・ストリート・ジャーナル』紙を読んでいた。妻はクロワッサンをかじりながら、マーサ・スチュワートの雑誌をめくっていた。彼女はヒップのあたりにかすかな振動を感じ、椅子の背にかけてあるバッグに目を落とした。「ねえ、ハニー、電話が鳴ってるわ」バッグに手を入れながら夫に呼びかけた。

フランクはタブレットをおろして電話を受け取り、裏返して画面を見た。たちまち彼は椅子から飛び上がり、テーブルをひっくり返してしまった。

「ちょっと、どうしたっていうの？」妻は声をあげ、朝食の残りが服に飛び散っていないか確かめようとした。

彼はかがんで慌ただしく二人の荷物を取った。「すぐに行かないと！」

リーの古いフォルクスワーゲン・ビートルとフランクのＢＭＷが争うように水族館の裏の駐車場に飛び込んできて、同時に並ぶようにして止まった。リーが外に飛び出し、ＢＭＷの銀色のフードの前を走っていく。フランクは妻にキスをした。「あとで連絡する！」そう言うと、リーを追いかけて大きな鉄製のドアを閉め、その先の暗い廊下に姿を消した。彼らはどちらも廊下を猛然と走って研究室に飛び込んだ。リーの机の後ろにアリソンとクリスがすでにいて、モニタを見つめている。

「どうなんだ？」フランクが興奮した声でたずねた。

アリソンは答えなかった。無言で微笑み、机まで来て確かめようとする二人の顔を見つめていた。

「やったぞ！」リーがこぶしを突き上げて叫んだ。「三つある！」マウスをつかんで〝語彙《ごい》〟と記されたボタンをクリックすると小さなウィンドウが開き、そのなかには三つの単語が示されていた。〝こんにちは、イエス、ノー〟

誰もが興奮して声をあげ、ぎこちなく抱き合った。アリソンは深く息を吸い込み、なんとか落ち着こうと両手で口を覆った。

リーはそれぞれの単語の情報を見た。「正確性を見てくれ、七七、七八、八一パーセントだ！」大きく笑う。「信じられるか？　こいつは本当に動いている！」

「それはまだわからないわ」アリソンが言った。みんな冷静になろうとつとめていたが、興奮を抑えきれない顔をしている。「エラーの可能性も充分にある」全員が水槽に向き直った。ダークとサリーは前後にゆっくりと泳ぎながら、ガラスの向こう側から彼らを見つめていた。

「ぼくらを見ている」クリスが言った。

アリソンは微笑んで水槽に近づき、ガラスにそっとてのひらをあてた。「たぶん、わたしたちがこんなに興奮しているのを見たことがないのよ」

リーはアリソンを見た。「それで……これからどうする？」

誰もがフランクを見た。その理由はわかっていた。もちろん計画では、システムが実際に何かを翻訳したときの対応も決められていた。彼らが策定したプロトコルは、データのチェックと注意深い検証が要求される。ただ、そうした手順には一つ大きな要素、つまりこの実験が現実に成功したときの猛烈な興奮と高揚感が考慮されていなかった。

フランクは一瞬真剣な顔になったが、すぐに笑みをこらえきれなくなった。「とにかく、一通りはプロトコルに従うようにつとめよう。クリス、ビデオカメラを用意してくれ、あとで検証したい」

クリスは部屋を横切って小さなビデオカメラを取った。そのあいだにリーが椅子に腰かけた。クリスはビデオカメラの電源を入れ、それをリーのモニタに向ける。

リーは大きく息を吸い込んで、〝こんにちは〟という単語を入力した。それから振り向いて他の者たちを見たあと、〝翻訳〟と記されている大きなボタンを押した。

何も起きなかった。

クリスが何か言いかけたとき、リーが手を上げて制した。やがて、水槽のなかにある水中のスピーカーから甲高い音が響き、そのあとクリック音が二度はっきり聞こえた。

ダークとサリーが不意にターンして、スピーカーを見た。二頭は泳いできてスピーカーを近くから調べた。スピーカーと、ガラスの向こう側にいる彼らを交互に見たあと、またスピーカーを見る。ダークはそれを鼻先にそっとあてた。サリーは水槽の縁にさらに近づいて口を開け、同じくクリック音を二度返した。

即座に〝こんにちは〟という単語が、モニタのリーがタイプした単語のすぐ下に浮かび上がった。

11

喉が詰まってしまった。感情が込み上げ、興奮のあまり動くことさえできない。アリソンはまだ笑いながら、クリスとリーがビデオがきちんと録画できているか急いで確かめようとしている様子を眺めた。フランクはリーの後ろの机の縁に腰かけ、ぼんやりと画面を見つめている。彼が何を考えているかは見当がついた。最初の興奮が薄れて、疑念の幕がうっすらとかかりはじめている。結局のところ、一つの単語をやりとりしただけなのだ。サリーが彼らに対して〝言い返した〟のはたしかだが、まぐれあたり、コンピュータのエラー、あるいは単なる幸運でしかなかったかもしれない。〝本当に会話と呼べるものなのだろうか。それとも単に聞こえた音をそのままくり返しているだけなのだろうか〟

「カメラに問題はない。大丈夫だ」クリスはリーのモニタに向けてカメラをぐるりと振ってみせた。

リーが振り返った。「次は？」

「もう一度試してくれ。幻覚ではないことを確かめよう」

リーはうなずき、もう一度〝こんにちは〟と入力した。今度はためらうことなく翻訳ボタンを押す。またしても、水中のスピーカーから音が流れた。クリスはカメラをダークとサリーに向けた。

サリーは興奮気味に大きく円を描いてガラスのそばに戻ってきた。それから同じ音をくり返した。画面には、再び〝こんにちは〟という単語が浮かんだ。リーがさらにもう一度入力すると、サリーはまた同じように答えた。

「今度はスピーカーからの音に遅れはなかった」リーは考えながら言った。「つまり、ＩＭＩＳは一度翻訳した単語はずっと記憶しているということだ。きちんと学んでいる」

アリソンは大きく息を吸い込んだ。リーの言うとおりだ。これはまぐれではない。けれども、その音が本当に〝こんにちは〟という言葉を意味するとまではまだ言いきれない。サリーは意味不明のつぶやきでしかないものを、彼らのためにくり返しているだけという可能性がある。人間の言語ですら、ときにとても複雑で、口調や抑揚の微妙な変化だけでほとんど理解できなくなることもある。ナヴァホ族の言語がその好例だ。彼らの言語体系はあまりに複雑なため、母語としていない者が大人になってから完全に理解することは不可能だ。それが、第二次世界大戦の際に日本軍に対して暗号として使われ功を奏した理由だった。イルカの言語も同じだったら？　ＩＭＩＳが実際とは違う意味に訳していないと言いきれるだろうか。

クリスがカメラから顔を離した。「それでこのあとは？」

アリソンが身を乗り出した。「問題は、具体的な文章をつくれるだけの単語があるかどうかよ。別の単語を送ってみて」

リーは〝イエス〟という単語を入力し、翻訳ボタンをそっと押した。

長く感じられた数秒後、スピーカーがわずかに異なる音を出した。今度はダークがガラスの近くにいるサリーのそばまで泳いできた。もうスピーカーには興味を示さず、今度はダークが先ほどのサリーと同じ要領で答えを返した。〝イエス〟という二つ目の単語が画面に現れる。

「信じられない」フランクは髪をかき上げながらつぶやいた。

アリソンは水槽に近づき、わずか一メートル先にいるダークとサリーをガラス越しに見た。彼らは話しているの？　判断がつかない。

不意にサリーが何度か長い鳴き声をあげたあと、クリック音を発した。それからまた円を描いて泳ぎ、同じことをくり返した。

四人は見つめ合い、それから画面に目を戻した。クリスがリーの肩越しにカメラを向けた。全員が息をのむ。

やがて長い沈黙のあと、コンピュータが鳴って翻訳ウィンドウに大きな赤い文字が浮かんだ。〝翻訳不能〟

「そうだろうと思ってた」リーが言った。「ＩＭＩＳが識別するまで、新しい単語は認識できないだろう」

「本当に機能しているのだろうか？」フランクがたずねた。

リーはあくまで客観的になろうとつとめた。「そう思いますが、まだ断定するには早すぎるでしょう」

「せめて最後にもう一つ単語を試しておこう」フランクが言った。

リーはうなずいて、〝ノー〟という単語を入力した。翻訳ボタンを押すと、またしてもダークから同じ反応が返ってきた。

長い沈黙ののち、アリソンは顔をしかめて腕を組んだ。「もっと語彙が増えるのを待つしかないわ」

アリソンは目をこすってクリスのシルエットを見上げた。「何時なの？」彼女は薄暗いオフィスを見まわしてたずねた。

「五時近くだ。そろそろ日がのぼる」

アリソンはうなずいた。「どうしたの？　何かあったの？」

「新しい単語が認識された」

「本当に？　どんな言葉？」彼女は寝台から転がるようにおりた。

「来て見てくれ」

アリソンはクリスの脇を抜けて机に駆け寄った。「〝食べ物〟」微笑みながら読み上げた。「もう試してみた？」

「いや、きみを待っていた」リーがコーラの缶を持って背後から近づいてきた。その後ろにいるフランクも、起きたばかりのように見える。「用意はいいかな？」リーが座りながらたずねた。

アリソンは水槽を見た。ダークとサリーはもう起きていて、期待するようにこちらを見つめている。

「〝食べ物、イエス〟というのはどうかしら」アリソンは提案した。

一同はいぶかしげにアリソンを見た。「〝食べ物、イエス〟？」

リーが眉を動かした。「なるほどな。とても頭がいい」クリスを見る。「用意はいいか？」

クリスは素早くカメラの背後にまわり、録画をはじめた。「ああ」

リーはさっとモニタの方を向き、〝食べ物、イエス〟と入力して翻訳ボタンを押した。

その音を聞くとダークは急にとても興奮し、馴染みのある反応で答えた。〝イエス〟という単語が画面に浮かんだ。

リーはアリソンに微笑みかけ、クリスとフランクに説明をした。「アリソンの提案した質問を投げかけることで、イルカが単にスピーカーから聞こえた音をくり返したわけではなく、自分の意思で〝イエス〟と答えていることが証明された。いいかい、これは正真正銘の翻訳だ！」

やったのね！

フランクが飛び上がるようにして立ち、勢いよく向きを変えて部屋から出ていこうとした。「ちょっとだけ待ってくれ」

「どこに行くの？」

フランクは戸口で立ち止まり、振り向いてアリソンを見た。「シャンパンを取りに行くんだ」一同の後ろにいるイルカたちを見る。「それと、誰かダークとサリーに食べ物を用意してくれ！」

12

クレイとシーザーはラングフォード提督のオフィスに入り、無言のままドアを閉めた。ラングフォードは電話を耳にあてたまま、もう一方の手を振って二人に座るよう促した。二人ともこのオフィスには何度も来ていたので、緊張することもなく座った。実のところ、これまで正式であれ非公式であれ、彼らが議論をするのはたいていこの部屋だった。正式な役職としては官僚だが、ラングフォードは自分の部署の問題の多く、とりわけ技術的なことがらについては今でも直接関わろうとしていた。自分のチームの活動の本質を理解しない、あるいは理解できないリーダーは、そもそもその集団を率いるべきではないというのが彼の持論だった。きちんと理解しているからこそ、よりよい決断ができ、効率的な運営が可能なのだという主張だ。彼の部署がこれまであげてきた成果を見れば、それに反論をするのは難しい。

エマーソンの船を離れてから二週間がたっていた。行方不明になったトリトンⅡを古い探査機で三日間にわたり探したものの、そこでいったんワシントンに帰らなければならなかった。これから、再び現場に戻って調査を完遂するための正式な申請書を提出してある。ラングフォードの表情を見れば、どんな話なのかはわかった。

ラングフォードは話し終えると、ため息をついて電話を切った。「あの潜水艦は出航したそうだ」彼は言った。

「潜水艦を分解しない限り、トリトンⅡを見つけることも、問題を検証することもできないことを彼らは知っています」クレイは答えた。

ラングフォードはうなずいた。「そのとおりだ。そのことはくどいほどはっきりと伝えた。ただ、あまりに費用がかかりすぎるのだ。民主党に予算を削られたせいで、現場に出向いて実験をするために数百万ドルをつぎ込むことを正当化できない」

「エマーソンの探査機はどうなんです?」シーザーはたずねた。「あれはまだ見つかっていませんし、このままあきらめるには高額すぎる。ついでにあれを探すこともできます」

ラングフォードは首を振った。「せめてトリトンⅡは回収したいのだが」

クレイにすれば想定内だった。資金不足で何かが頓挫するのは、これが初めてではない。すべて最後は金の問題に行き着く。何よりいらつくのは、この決定が隊員たちの安全を無視して、表計算ソフトに基づいてなされているに違いないことだった。もし異常が生じたときアラバマ号がマリアナ海溝にいたら、海溝の壁に激突して潜水艦は巨大な墳墓となっていたかもしれない。誰かが、前例のないシステム異常が起こっていると結論をくだしたのは間違いないはずだ。さらなる検証なくしては、その結論を否定も肯定もできない。これもまた、海軍の官僚制のいまいましい弊害の一例だった。

「ですが、海軍はトリトンⅡを回収したがっているのに、我々が潜水艦には乗れないとしたら、いったいどうしろというのですか？」シーザーが口をはさんだ。

ラングフォードは微笑んだ。「わたしの口から言わなくてもわかるだろう」


アメリカ地質調査所（USGS）は、一八七九年にラザフォード・B・ヘイズ大統領が予算を承認してつくられた。この調査所は、ヴァージニア州レストンに本拠を構え、地球の多様な環境と生態系に関する詳細なデータを提供する役割をになっている。予算は一〇億ドル超、全世界に四〇〇近い拠点を持ち、一万人以上の科学者、技術者、支援スタッフのネットワークを抱え、研究範囲は多岐にわたる。そのことこそ、USGSの所長であるキャスリン・ロッケがろくに眠れない理由でもあった。前任者が不正行為と不倫のスキャンダルに見舞われたことから、大組織の長に華々しく出世したキャスリンは日々の運営とともに、損なわれた信頼を回復するための仕事で手いっぱいだった。

皮肉なのは、USGSが政府系組織にしてはこれまで優れた成果をあげていることだ。そのことをキャスリンは折々に実感する。キャリアのかなりの部分をUSGSで過ごしてきたので、調査所の実績に大きく貢献してきたという自負もあった。実のところ、キャスリンは政府系研究機関における初代女性所長の一人であるだけではなく、前任者たちと比べ科学者としても最も優れていると評価されていた。これまで長年にわたり、第一線の科学者としてUSGSの最難プロジェクトを先頭に立って指揮してきた。だからこそ、運営の仕事はいっそういらだたしく感じられた。彼女は官僚気質ではないため、その役割を演じなければならないことにうんざりしていて、しばしば職を放り出すことを考えてしまう。とりわけ午前一〇時からの電話会議のためにオフィスを出るときは。

キャスリンは最上階にあるオフィスまで急いで戻り、そのまま立ち止まらずにアシスタントの前を通り過ぎようとした。

「ミズ・ロッケ！」リシェルが電話を置きながら呼びかけた。「ミスター・ヘインズから今電話があって、緊急の用件で話したいそうです」

キャスリンは顔をしかめた。「何について？」

「それは何もおっしゃっていませんでした。でも、まもなくこちらにいらっしゃいます。そちらへの対応があるから……もっと厄介なミーティングはキャンセルしておいた方がいいですよね」

午前中ずっと電話会議でうんざりしていたのに、キャスリンは微笑まずにはいられなかった。リシェルがほのめかしているのが、エネルギー・鉱物部門の責任者であるアルバート・ペトリオーノとのミーティングであるのは明らかだった。誰もが避けたがる相手だ。「ありがとう、リシェル。そうしてくれたら助かるわ」

リシェルはウインクした。「実はもう手配しました」

ヘインズは二分後にオフィスに飛び込んでくるなり、ドアを勢いよく閉めた。

「問題が起きた」

キャスリンは驚いた。まったくヘインズらしくない。彼女はノートパソコンを脇に押しのけて、彼に注意を集中した。「どんな問題？」

「南極での地震については聞いたか？」

「簡単に。今朝」

ヘインズは深く息を吸い込んだ。「ロンネの近くだった」

「また崩れたの？」キャスリンは、数年前にロンネ氷棚から崩れた島ほどもある巨大な氷塊のことを思い浮かべながらたずねた。

「いいか、第一にあれは氷震ではなかった」

キャスリンの表情が曇った。「つづけて」

「ハリー研究基地には、二人の研究者を滞在させている。二人は真夜中にベッドから放り出されたようだ。翌朝、外の様子を調べに出て亀裂を見つけた。とても大きな亀裂を」

キャスリンは息をのんだ。「どれくらいの大きさ？」

「数キロある」

彼女は次の質問を思いきって口にした。「どこで？」

ヘインズはゆっくりと息を吸い込んだ。「棚ではなく陸地だ。一五キロ以上内側」

キャスリンは長いあいだ彼を見つめ、それからようやく椅子に背をあずけた。「なんてこと」ヘインズは彼女が状況を認識するまで無言で待った。キャスリンは壁にかかっている南半球の大きな地図を見た。「断層の幅は？」彼女はたずねた。

「四メートルだ」

「まさか！」キャスリンは信じられないとばかりに頭を振った。「たしかなの？」

「ああ。マクマードから飛行機を飛ばした。断層に沿って飛んで、長さは七〇キロほどと確認したが、そのほとんどは陸地部分だ。地上部隊がキャンプに一番近い箇所で断層の幅を計ったが、空からの計測値とほぼ一致している。地上の地震感知計がすべて作動するほどの強さだった」

キャスリンにはその意味がわかった。南極は大陸としては小さいが、地震感知器のすべてが動いたということは、揺れがとても大きかったことを意味する。「急いで調査班を組織して装備を整え、現地に向かわせましょう。この件を公表する前に、計測値を細かく分析して、地中探知レーダーを使って検証する必要があるわね」

ヘインズはうなずいた。

「さっそく、人を集めるわ」

13

クリスはビデオのテープを交換し、取り出したテープをアリソンに渡した。彼女はバーコードが印刷されている小さなラベルをテープの背に貼りつけた。バーコードをスキャンすると、コンピュータの画面に入力用のフィールドが現れる。終えたばかりの実験の短い要約を打ち込み、エンターキーを押して記録をデータベースに追加した。

「次をはじめていいか？」クリスがたずねた。

「少し休ませてあげて」アリソンはダークとサリーを見ながら答え、腕時計に目をやった。「そろそろ食事の時間だわ。きっと――」

〝食べ物、今〟サリーの言葉がスピーカーから流れた。

アリソンは微笑んだ。身を乗り出して、〝イエス、食べ物、今〟と入力して、翻訳ボタンを押す。それから振り向いて水族館の餌係に連絡するために電話を取った。

〝ありがとう、アリソン〟機械から返事が届いた。

アリソンはたちまち凍りついた。電話を落として振り向き、水槽を見る。クリスとサリーも同じことをしていた。長い沈黙が流れ、彼らはお互いを見つめた。

「今、サリーはなんて言ったの？」アリソンが口を開いた。

クリスはリーの脇から身を乗り出して、モニタの画面を見た。「サリーは〝アリソン〟と本当に言ったのか？」

リーは顔を寄せて画面を凝視した。「ああ……たしかにそう言ってる」軽く眉をひそめる。「だが、いったいどうやって？」リーはコンピュータにいくつかの単語を打ち込み、エンターキーを押した。別のウィンドウが開き、処理過程のログファイルと何百行もの暗号テキストが示された。彼は最後の行が訳されているのを確かめ、〝アリソン〟という単語に割りあてられた属性を見た。それから下にスクロールして、過去二日間の翻訳のログ情報をすべて調べる。「なるほど！」リーは納得したとばかりにつぶやき、不意に考え込むように椅子に背をあずけた。「そういうことか！」

「なんなの？」アリソンが問いかけた。

リーはすぐには答えなかった。「いやはや。これはまったく別物だ」

「どういうこと⁉」

「文脈だ。ＩＭＩＳは文脈を意識して訳している」リーはほとんどひとりごとのようにつぶやいた。素早く気持ちを切り替えて、アリソンとクリスを見る。「いいか、ＩＭＩＳの人工知能は文脈を認識することができ、それが学習機能の基礎にもなっている。文脈とは、基本的には最も正しいと推定される答えを得るための複数の変数間の関係性だ」

クリスは顔をしかめた。「ちんぷんかんぷんになってきた」

「いいか」リーは興奮しはじめた。「たとえば、IMISが〝こんにちは〟という単語を理解しようとしているとする。イルカが出したある音を〝こんにちは〟という意味だと考えたものの、もしその音がイルカが遠ざかるときに発せられたものだとしたら、状況から判断して、その翻訳が間違っていることがわかる」

アリソンはうなずいた。「なるほどね」

「もちろん、今のは極端に単純化した例だ。IMISは、前後の文脈を考慮したうえで翻訳をしてみせたんだ。これを見てくれ！」リーは画面の翻訳ログを指さした。「サリーが言ったのは、〝ありがとう、アリソン〟じゃない。実際には〝ありがとう、ガール〟だ。IMISは〝ガール〟という単語を認識して正しく翻訳しただけでなく、文脈のアルゴリズムを使ってアリソンがぼくらのなかで唯一の女性であることも認識したんだ。たぶん彼女のアカウントを根拠にしたのだろう。彼女はダークとサリーに向けていくつかの単語を入力していたから。そこから、そのメッセージが唯一の女性にあてられたものだと認識し、アリソンの名前に置き換えた。おまけに、名前の最初を大文字にしてさえいる」

「信じられない」

「まったく驚きだ」リーが答えた。「IMISは、ぼくが思っていたよりも頭がいい」壁際で黙々とデータを処理し、多数のライトをまたたかせているサーバーを見る。「これだけ急速に進化したのも不思議じゃない」

そのとき電話が鳴った。アリソンが素早く受話器を取った。「アリです」

「やあ、アリ、フランクだ。ぼくのオフィスに来てくれないか?」

「いいわ」彼女はうなずいた。「二〇分くらい待てる? 今ちょうど――」

「悪いが待てないんだ」彼は口をはさんだ。「今すぐ来てほしい」

「わかったわ……すぐに行く」

クリスはがっかりしたように顔をしかめた。「なんだ、二〇分も待てないって?」

「そうみたい」

「何ごとだ?」

「わからない。ただ会いたいとだけ言われたわ」アリソンは受話器を架台に戻した。「あの子たちのランチをお願いね」

「了解だ」

アリソンは最後にもう一度イルカに一瞥《いちべつ》をくれてから、振り向いて階段に向かった。

最高の気分だった。この数週間でプロジェクトは劇的に進展している。目立ちたがり屋のフランクが、最初の翻訳に成功したあとも新たなプレスリリースは出さないことに同意してくれたのには感謝していた。テレビのモーニング・ショーに出たことで注目が集まり、ダークとサリーに会いたがる客が殺到したせいで、彼らはてんてこ舞いだった。水族館のチケットの売り上げには大いに貢献していたが、市長をはじめ各分野の著名人が自己宣伝と記念写真のために押しかけてくるので、仕事に深刻な支障をきたしている。フランクが注目されるのを楽しんでいる一方、チームの他の者たちは研究の遅れと有名人への対応にいらだっていた。いいえ、正確には、いらだっているのはわたしだけ。他の男たちは楽しんでいる。自分でも、どうして注目されるのがこれほどいやなのかよくわからない。学校では目立つ存在で、幸運にも母親の美貌を受け継いだおかげで、いつも言い寄られていたせいかもしれない。人一倍学究肌で、いつも教師に一目置かれてきたせいかもしれない。どうしてこんな人間なのかと悩んだところではじまらない。理由がわかったところで何も変わらないのだから。所詮、根っからの本の虫にすぎない。

階段をのぼりきったところで少し息が切れ、アリソンはまたジムに通わなければと自分に言い聞かせた。短い廊下を進み、礼儀正しくノックしてドアを開ける。

「きっと信じてくれないでしょうね、たった今――」アリソンは部屋に入るなり話しはじめたが、すぐに顔から笑みが消えた。そこにはフランクの他に、シャツとネクタイ姿の二人の男がいた。彼女が入ると全員が立ち上がる。

「ああ、来てくれたか」フランクが机をまわり込んで近づいてきた。「アリソン、紹介しよう、こちらはジョン・クレイとスティーヴ・シーザー。彼らは――」

「あてさせて」彼女はつとめて礼儀正しく振る舞おうとした。「政府の人ね。軍人にしては服装がお洒落すぎる。ＣＩＡ？」

クレイとシーザーは手を差し出して近づいてきていたが、不意に立ち止まった。

「ああ、実は海軍なんだ」

アリソンは腕を組んだ。「意外だわ」

二人の男はどこか戸惑ったようにフランクを見た。「アリ」フランクが切り出した。

「こちらの方々が、我々のプロジェクトについて話したいそうだ」

アリソンは皮肉っぽく眉を動かした。「それはそれは」

「ああ、そうなんだ」クレイがおずおずと答えた。「デュボア博士に、プロジェクトのことを知り、イルカの研究に我々が協力できるかもしれないと思ったことを説明していたところなんだ」

「政府が協力してくれる。どんな協力かしら？　敵艦に地雷を仕掛ける方法をイルカに教えるとか？」

クレイはいっそう混乱した様子でフランクを再び見た。フランクは、プロジェクトの主役を今では厳しい目でにらんでいる。

「いや、違う、そんなことじゃない。イルカと一緒に働く機会をもらえれば、研究の進歩に役立てるかもしれない」

アリソンは喧嘩腰《けんかごし》のまま、フランクを凝視した。「どんな機会？」

シーザーは彼女にトレードマークの笑顔を向けた。「カリブ海で、小さな研究用の無人探査機を回収したいんだ」

アリソンはシーザーに目をやり、それからクレイに視線を向けた。けんもほろろに言う。「自分たちだけでできないの？」

「できると思う」クレイは皮肉を無視して答えた。「だが、きみたちのチームにとっても絶好のチャンスかもしれないと思ったんだ。実践的な使い方ができれば、翻訳プログラムもさらに進化して、おそらく――」

「イルカたちはもう何年も海には出ていない。慣れない環境のなかで、首紐《くびひも》をつけるわけにもいかない。それに、イルカを運ぶには大がかりな準備がいるわ」

「どんな要求にも対応するつもりだ」

「それはどうかしら」アリソンは答えた。「それに、翻訳能力はまだごく限られた――」

「失礼」フランクの声は大きかったが、あくまで冷静だった。「少しのあいだ彼女と二人だけにしてもらえるかな？」

クレイとシーザーはうなずき、ドアの方を向いた。彼らは礼儀正しくアリソンをよけて通り、静かにドアを閉めて出ていった。

二人は部屋を出ると廊下を横切り、ポケットに両手を突っ込んで白い壁にもたれかかった。

「彼女はきみが好きじゃないな」シーザーが言った。

クレイは笑った。「どうやら軍隊がお気に召さないようだ」

「だが、なかなかキュートだ」シーザーはぶらりと歩いて、額に飾られている写真を眺めた。水族館の起工式の古い白黒写真だ。スーツやドレス姿の人々が八〇人ほど半円を描くように並んでいる。その円の内側に数人が立ち、一人がぴかぴかのシャベルを手に持っている。写真の下の小さな銘板には一九二五年と記されていた。「歴史がある施設なんだな」

クレイは写真のそばまで来てうなずいた。「ここには前にも来たことがある。子供の頃、たぶん七歳か八歳のときだ。父をマイアミに訪ねたとき、ここに連れてきてくれた」写真をもっとよく見ようと顔を寄せる。「当時の建物はずっと小さかった」クレイは無言で写真を見つめた。あのときの旅行のことは、はっきりとおぼえている。その週末、父から離婚協議中だと打ち明けられた。

シーザーはドアに目を戻した。真ん中にある小さなプレートには、〝館長　フランク・デュボア博士〟とある。「それで、もし断られたらどうする？」

クレイは肩をすくめた。「シュノーケルと足ひれを引っ張り出すことになるかな」

フランクは大きなオーク材の机の前に出てきて、その縁に腰かけた。疲れた顔をしている。一瞬肩をいからせ、それからため息をついて肩を落とし、アリソンを見上げた。

「応じるべきだと思う」

「なんですって?」アリソンは鼻で笑った。「あんな話を信じているんじゃないでしょうね。相手は海軍なのよ、フランク! わたしたちと協力するために来たんじゃない。どうすればこの技術を利用できるのか確かめに来たのよ!」

「いいか、アリ。きみがあの連中をどう思っているかも、かつて何があったかも知っている――」

「それなのに、今度は違うと思うの? あいつらは今も外で、どうすれば軍の利益にできるか話しているに決まってる。間違いないわ、あいつらの望みは――」

「誰がここの資金を出していると思ってるんだ、アリソン?」フランクは突然声を荒らげ、手を振って部屋を示した。「サンタクロースか!? 相手がNASAだろうが海軍だろうが、それこそ国税庁だってかまわないんだ! こうしていられるのは、政府の金のおかげだ。金を集めるのがどれほど大変かわかってるのか?」深く息を吸い込み、声を落とす。「いいか、金は出ていくばかりだ。それは知っているだろう。プレスリリースが配信されたあと入場者が一時的に増えたとはいえ、チケットの売り上げは減りつづけている。その一方で、研究に費やす時間がまだまだ必要なのは明らかだ。すべきことはたくさんあるが、助成金がなければ水族館は年内で閉館になってもおかしくない」

アリソンは組んでいた腕を解いて顔をしかめた。反論できない。資金がなければ、すべては遅かれ早かれ終わりを迎えてしまう。

「聞くんだ」フランクはつづけた。「きみがあの連中をどう思っているか知っている、本当だ。何があったかは承知している」アリソンが目に見えて体をこわばらせた。彼女の心の傷に触れたことはわかっていたが、それでも言わなければならない。いつかはこの話になることは、ずっと前からわかっていた。「我々は研究をつづけなければならない。少なくともさしあたりは。選択肢はない。今でこそ、この分野において大きくリードしているが、ここが閉館したら、これまで集めた情報は散逸してしまう。そして数カ月のうちに他の研究チームに追いつかれてしまう」

アリソンの肩からわずかに力が抜けた。「そんなにここが大切？」フランクは答えなかった。その必要もない。彼女は、自分がそんなことを口にしたのが信じられなかった。

アリソンはゆっくりと窓まで歩き、目の前の通り沿いに塔の列のように突き出している椰子《やし》の木を見つめた。まだ自分でも驚くほど怒っている。もう一〇年以上たつのに、いまだに思い出すのもいやでならない。彼女の最初の本格的な研究、〝意味のある〟初めてのプロジェクトは、コスタリカで行われた。海亀の産卵と移動パターンを観測し記録する世界初の試みだった。彼女たちは三年間、ほとんど無一文でテントで眠りながら、何千匹もの海亀を個別に確認し、追跡し、見守りつづけた。最後には、それまで他のいかなる海洋生物学研究チームもなしえなかった成果をあげた。ただ、彼女たちはあまりに理想主義者だった。当時は、海軍と合衆国政府はまさしく天の配剤、救いの神だと信じていた。装備、コンピュータ、それに追跡装置まで提供してくれた恩人に思えた。実際、彼らの助成金がなければ、アリソンの研究チームは海亀が海岸を離れたあと、さらに太平洋と大西洋を越えて追跡することなどできなかっただろう。

アリソンたちは、調査を拡大すれば単に移動ルートだけではなく、最終的には海亀の誕生から死までの全生涯を研究できると確信していた。複数の論文が完成しつつあり、なかにはアリソンたち何人かの学位論文もあった。しかし、事態は急転する。海軍がいきなり彼女たちが集めたデータを根こそぎ没収したのだ。国家の安全に関わりがあると見なされたものはすべて、政府のさまざまな分野の研究チームにそのまま引き渡された。アリソンたちは呆然《ぼうぜん》と立ちつくした。いったいどうすれば海亀の数が安全の脅威と見なされるのか、理解できなかった。あまりに理不尽で、途方もない誤解だとしか思えなかった。のちに彼女はある友人を介して、海軍が当初から別の計画をあたためていたことを知る。海軍の真の目的は、海亀に小さいが強力な発信器を仕掛け、いわば亀を工作員《エージェント・タートル》として敵艦に接近させ、相手の通信機能を妨害する可能性を探ることだった。〝エージェント・タートル〟。今でも、当時と同じように馬鹿げて聞こえる。だが、馬鹿げていようがいまいが、海軍に最初からずっとだまされていたことはショックだった。彼らは生物学になどなんの関心もなく、ただ有効に軍事活用できるかどうか知りたかっただけなのだ。

もちろん、活用などできるはずがなかった。海亀の移動ルートは情報として有用だったものの、そのパターンが複雑すぎ、移動速度の遅さと敵の信号を効果的に妨害するために必要な電力の問題は、いずれも克服不能だった。結局、海軍は二年間検討を重ねたあと、この計画を放棄した。そのあとようやく態度を軟化して、データをすべて科学者が自由に利用できるようにした。けれどもそのときには、大がかりで包括的な研究の資金を集めるのはきわめて困難になっていて、研究はもはや死に体だった。最終的にその成果自体はきちんと評価されたけれど、もしも誕生から死まで全生涯を把握できていれば、海亀という生物に関する理解は一新されていただろう。アリソンたちがようやく研究を再開できそうなめどが立った頃には、興奮はすでに色褪《いろあ》せ、研究者たちのほとんどは別のプロジェクトをはじめていた。アリソンがその研究を断念してから　年とたたないうちにフランクと出会い、言語翻訳に関する彼の破天荒なアイデアを聞かされたのだった。

アリソンは窓から振り向いてフランクを見つめた。

彼は肩をすくめた。「それに、あの男たちは本気で我々を支援したがっているのかもしれない」

アリソンは天を仰《あお》いでかぶりを振った。「海軍には、想像もできないほどのお金と物資がある。なのに、どうしてわたしたちを頼らなければならないの？　わけがわからない。小さな探査機を見つけるのなんて簡単なはずよ」

「いいわ」彼女は落胆の表情を浮かべ、腕を解いてドアに向かった。ドアを開ける前に、フランクに向き直る。「フランク、イルカたちとの会話に成功したとき、新しいプレスリリースを出さなかったわよね？」

フランクは肩をすくめた。「もちろん。翻訳が実際に行われるところを公開できるようになったら、そこで新しいプレスリリースを出そうと決めたじゃないか。それが不満なのか？」

アリソンは首を振った。「そういう意味じゃないわ。翻訳に成功したことはまだ公式に発表していないのに、海軍はいったいどうやって知ったの？」

クレイとシーザーは、アリソンに案内されて階段へと向かった。フランク・デュボアのオフィスでは何やら重要なことが話し合われたようで、アリソンが出てきたとき、彼らに対する敵意がわずかに薄れていた。フランクに頼まれたとのことで、研究室とそこで使われている技術の実演を見せると提案してくれた。

クレイは無言でアリソンの後ろを歩きながら、シーザーが正しいことを認めた。彼女はキュートだ。それにとても頭がいい。うかつな態度は取れない。とりわけ、政府のために働いている者は。過去に軍隊のせいでよほどいやな思いをさせられたのだろう。これまでいろいろなことを見てきたクレイにすれば、彼女に同情をおぼえずにはいられなかった。

階段をおりると、彼らはアリソンについて新しい翼《ウイング》に入った。子供の頃に訪れたときと比べて、水族館は倍以上の大きさになっているように思える。新しい建物のデザインはモダンだが、古くからある建物とうまく融合するような外観・内装になっていた。そのため、増設された区画と従来の区画は、一般の入場者にはほとんど見分けがつかない。巨大なガラスの水槽をのぞき込み、イルカに手を振っている子供たちの脇を三人は通り過ぎた。廊下の突きあたりに大きく頑丈なドアがあり、その扉の向こうが研究室で、まだつづいている水槽が壁の一面になっていることがわかった。研究室の奥にはもっと小さな階段があり、クレイはアリソンがわざわざ館内の見どころを案内してくれたことに気づいた。どうやら毛嫌いされているわけではなさそうだ。

研究室は予想していたよりもはるかに広い。奥の壁は高さがほぼ三メートルあり、そのほとんどはサーバーで占められていた。部屋の中央には三つのテーブルと四つの大きな机が置かれ、二人の若い男が昼食を取っているようだった。

ドアが音を立てて閉まると、クリスとリーはどちらも振り向いた。アリソンがクレイとシーザーを連れて近づくと、彼らは急いで口をぬぐった。

「いいかしら」アリソンは近づきながら呼びかけた。「こちらは海軍から来たお客様よ。わたしたちのプロジェクトについて知りたいらしいわ」

クリスとリーはたちまち体をこわばらせた。

「こちらはクリス・ラミレス、うちの主席研究員、それからリー・ケンウッド、コンピュータ工学の専門家。ごめんなさい」アリソンは言葉を切った。「名前をもう一度教えてくれる？」

「ジョン・クレイだ」彼は答え、前に出てまずクリスと、次にリーと握手した。「こちらは同僚のスティーヴ・シーザー」

「よろしく」シーザーも二人と握手をして挨拶した。

「ミズ・ショウは親切にも、水族館のなかを通ってここまで案内してくれた。とてもいい研究室だ」

リーは緊張を解いた一方、クリスはまだアリソンと同じように警戒していることにクレイは気づいた。

「フランクから、実験を見せてあげるよう頼まれたの」アリソンが言った。

クリスは何も言わなかったが、リーはやる気満々で座り、ＩＭＩＳシステムの画面を出した。

「フランクとわたしは六年前にこのプロジェクトをはじめたの」アリソンは話しはじめた。「すぐに、お金と支援がいくらあっても足りないことがわかったわ。クリスとは中央アメリカのプロジェクトで一緒に働いていたことがあって、最初の助成金をもらってから一年後に加わってもらった」アリソンはリーの机の反対側にまわり、彼の肩越しに準備を整えている様子を見つめた。「二つ目の助成金が決まったあと、リーを誘った。彼はＩＢＭの社員だったの」コンピュータの山を示す。「ＩＢＭはサーバーを寄付してくれただけでなく、ＩＭＩＳ——つまり翻訳ソフトウェアとアルゴリズムの設計を手伝ってくれた。それが今、イルカ語を訳しているシステムなの」

シーザーが眉をひそめた。「イルカ語？」

アリソンは肩をすくめた。「わたしたちはそう呼んでる。将来どんなふうに呼ばれるかはわからないわ。そして――」

「失礼」クレイが口をはさんだ。「翻訳の実験はまだはじまったばかりだと思っていた。もうある程度の語彙があるのか？」

アリソンは微笑んだ。「そうね、語彙と呼ぶのは少し大げさかも」

クレイはびっくりして、一瞬間を置いてからたずねた。「それで……具体的にはどこまで進んでいるんだ？」

アリソンは笑顔のまま、リーにうなずいてみせた。「見せてあげましょう」

リーは翻訳ウィンドウに〝こんにちは〟とすかさず入力した。

クレイとシーザーが戸惑いながら大きな水槽の方を向くと、水中のスピーカーから音が聞こえてきた。奥の方で子供たちを相手にしていた二頭のイルカが不意に動きを止め、こちらに泳いでくるのが見えた。クレイは、ガラス越しにイルカからじっと見つめられているような奇妙な感覚をおぼえた。

イルカの一頭がその音をくり返し、やがて画面に返事が浮かんだ。

「なんと」クレイが声をあげ、やはり目を見開いているシーザーを見た。「これは驚いた」

アリソンたち三人は嬉しくてたまらないといった様子だった。アリソンはモニタをじっと見つめたまま、リーの後ろから身を乗り出した。「調子はどうかきいて」

リーは素早く〝きみ、今日、どう?〟と入力した。

その音を聞くと、ダークがすぐに答えた。〝いい、きみは、どう〟

リーが答えた。〝いい、ありがとう〟

アリソンは体を起こし、クレイを見た。「リーは音声認識機能も使えるようにしようとしているので、いずれタイプする必要もなくなるわ。ただ、それにはまだしばらくかかるかも」

クレイとシーザーは呆然と立ちつくしていた。目を見開き、口もぽかんと開けている。ショックを受けていた。

クレイが立ち直るまで少しかかった。「その……他に彼らは――」

ダークがガラスの向こう側から呼びかけてきた。〝食べ物、いつ〟

アリソンはまた微笑んだ。「いつもお腹をすかせてるの」身を乗り出して、自分で返事を打ち込む。〝食べ物、すぐ〟

クレイは声も出せずにいるシーザーを見た。「いやはや」そうつぶやき、イルカに視線を戻した。

リーが椅子をぐるりとまわして、二人に笑いかけた。「みなさん、ダークとサリーです」

〝彼ら、誰〟サリーがきいた。

リーはアリソンに椅子を勧めた。彼女は即座に座って答えた。〝友達。彼ら、助け、ほしい〟

呆然としながらも、クレイはアリソンが彼らを友達と呼ぶのをためらっているような気がした。

ダークとサリーは急に勢いよく動きはじめて、正確に円を描くように泳いだ。クレイには興奮しているように見えた。

〝イエス、助け、好き〟サリーが答えた。〝ダーク、お腹すいた〟

〝食べ物、すぐ〟アリソンが入力した。

シーザーはダークとサリーから目を離すことができなかった。「信じられない」リーが満面の笑みを浮かべた。「まだまだ、こんなものじゃないですよ」

14

　アリソンはパスファインダー号の中甲板に立って、艫に据えつけられた大きな水槽を見おろしていた。クレーンのうち二つをはずして、そこに一万ガロンの海水をためた水槽を設置したので、後部甲板は四分の一しか使えなくなっている。一つだけ残っているクレーンからは、ダークとサリーを出し入れするときに使う、太い目地の網が垂れ下がっていた。二頭一緒にとても狭い水槽に閉じ込め、移動のあいだ五時間も窮屈な思いをさせたことを、アリソンはひどく心配していた。水槽に窓がないことも不安をかきたてた。それでも、海の波に合わせてゆるやかに揺れている水槽のなかで、イルカたちはどちらも比較的落ち着いているように見えた。

　幸運にも、カリブ海の冬には珍しく、海は穏やかで空は青く晴れ、理想的な条件が整っていた。背後の水平線に目をやっても、陸地のしるしはまったく見えない。アリソンは腕時計を見た。早くこの仰々しい騒ぎが終わってほしい。船のなかを歩きまわり、新鮮な空気と海の匂いを楽しんでいる姿がいくつか見える。写真撮影の許可を得ているマスコミが二〇人あまり乗船していた。こうなった以上、とにかくできる限り前向きな記事を書いてほしい。下では、マスコミの一人が水槽を調べていて、後ろに下がって何枚も写真を撮っていた。カメラマンかもしれない。その男が帽子を後ろ向きにかぶっているのが、アリソンはどうにも気になってしまった。

なんとか気持ちを立て直そうとする。不本意だが、いつまでも不満をこぼしていてもしかたがない。アリソンは深く息を吸い込んで、まわりの眺めを楽しもうとした。他の誰も疲れきっているようには見えない。

クレイが背後から近づいてきた。「大丈夫かい？」

アリソンは慌てて振り向いた。「ええ、大丈夫よ。ありがとう」

「船に酔ったのか？　もしそうなら、早めに飲めば効く薬をあげよう」

彼女は思わず皮肉っぽい笑みを浮かべそうになったが、なんとか礼儀正しい笑顔をつくった。「この程度で船酔いしていたら、海洋生物学者はつとまらないわ」

クレイはうなずいた。「たしかに。もっともだ」背後の艦橋を示す。「そろそろ向こうに行こう。ミスター・ケンウッドが準備を終えた頃だ」

彼女はクレイについて前方に戻り、三つの階段をのぼった。彼が艦橋に出るドアを支えてくれたので、礼を言う。エアコンのきいた部屋に入ったところで、外がどれほど暑かったかにようやく気づいた。

狭い部屋の奥にはリーが座っていて、乗組員が用意してくれた小さなテーブルに装備を並べて調整をしていた。床には二つの大きなポータブル・サーバーが置かれ、そのまわりでケーブルや電線がからみ合っている。テーブルの上にはリーのキーボード、モニタ、マウス、それにアリソンにはなんだかわからない装置がいくつかあった。クリスがリーの背後に立ち、窓から外をのぞいてビミニ諸島の輪郭を眺めている。マスコミが入ってきてリーと装置の写真を撮ろうとしても、冷静に振る舞おうとつとめていた。

「用意はできたの？」アリソンはたずねた。

「あと少しだ」リーが答える。「試しにいくつかコマンドを実行して、システムが機能するかどうか確かめているところだ」

「ここでは、どんな言葉が使えるかしら？」

リーは入力をつづけながら肩をすくめた。「出発までにＩＭＩＳが翻訳に成功した言葉すべてだ。新しい言葉を翻訳できないのはしかたない」床に置かれた二台のサーバーを示す。「それでもこいつには、少なくともすでに認識している単語を扱うだけの能力はある。これから、スピーカーを通さずに翻訳テストをしてみる。それで準備完了だ」

目的地が近づくと船はようやく減速をはじめた。エマーソン艦長が艦橋に戻って舵《かじ》を取り、すべてが順調であることを確かめた。一等航海士と話したあとで、アリソンたちに向き直る。

「ミズ・ショウ、他に何か必要なものは？　船はあと数分で止まる」

「必要なものはそろっていると思います。ありがとうございます」

「それならよかった。エンジンを切ったらすぐに、きみたちの友達を水槽から出すための網を用意する。彼らもいいかげん羽を伸ばしたいんじゃないかな、妙なたとえになるが」

「そうだと思います」アリソンは答えた。「クリスと下で手伝ってきます」

「頼む」艦長はそう言うと他の者たちにうなずいてみせ、振り向いてクレイと低い声で話しはじめた。

船の速度が落ちていくと、アリソンとクリスは神経質に目配せし合った。出発前、二人はフランク以外の誰にも打ち明けていない不安について話し合った。ダークとサリーは今では水族館の一部になっていたし、アリソンは動物たちを深く愛している。けれどもイルカたちはしょせんとらわれの身だ。水族館に閉じ込められている。アリソンとクリスは、イルカたちとはとても強い絆《きずな》で結ばれていると信じていたが、ひとたび海に返したらそのまま姿を消してしまわない保証はどこにもないとおびえていた。イルカたちを水族館から移動させ、船に乗せる水槽をつくるまでのあいだいろいろ手間取り、すべての用意が整うまでにほぼ二週間かかった。そのあいだに、彼らとダークとサリーとの絆はいっそう深まった。ＩＭＩＳが実現した驚くべき進歩により、イルカたちも人間と話せることに同じくらい興奮しているように見えた。しかしながら、イルカたちが自然な環境、本来の住み処《か》から遠ざけられているという事実は変わらない。水槽を出て海に戻ったが最後、もう二度と彼らと会えないのではないかとアリソンはひどく不安だった。

やがてエンジンの音が消え、船は止まった。数分後、大きな錨《いかり》がおろされ、海面にぶつかって巨大な水しぶきがあがった。アリソンとクリスは、網の用意をするために後部甲板の乗組員たちと合流した。彼らはクレーンの腕《アーム》を慎重にまわして水槽の上まで動かし、水中におろした。水槽が小さいので危険だったが、アリソンは自分がなかに入って大きな網をかけるあいだイルカに触れつづけていると言い張った。サリーはまったく抵抗しなかった。むしろ自分から体を動かして、網がしっかりかかるようにしてくれた。マスコミが水槽を見おろす甲板に集まってきて、作業の一部始終を写真におさめる。

乗組員たちがサリーを甲板から水温の高い海のなかへとおろしていく様子を眺めながら、アリソンは落ち着かず、喉にかたまりが詰まったような息苦しさをおぼえていた。ダークも同じように運ばれ、五分足らずのうちに二頭とも海のなかに入った。彼女は見晴らしのよい船尾に立ち、二頭のイルカが興奮して泳ぎまわる姿を眺めた。そして二頭が船の脇にまわってくると、アリソンは三つの階段を大急ぎで駆け上がって艦橋まで走った。そのすぐあとにクリスもつづく。彼女はドアを走り抜けてリーに駆け寄った。

「いいわ、何か呼びかけて！」

リーはうなずき、海中のマイクとスピーカーのスイッチを入れた。素早く〝こんにちは〟と打って、エンターキーを押す。

長い沈黙が流れ、一同は返事を待った。アリソンの目が不安でしだいに大きくなる。彼女はリーの肩に手を置いた。彼らは待ちつづけた。

「もう一度試して――」アリソンが言いかけたとき、サリーからの返事が届いた。

〝こんにちは、アリソン〟

リーからキーボードを渡され、次はアリソンが入力した。〝こんにちは、サリー。あなた、助ける、用意は？〟

〝イエス、わたしたち、助ける、好き〟イルカの返事が返ってきた。

クリスを見る。二人ともほっとしてため息をついた。

〝あなた、どこ、アリソン〟

アリソンは返事をした。〝わたし、船の上〟。〝翻訳不能〟というエラーメッセージが出た。彼女はリーを見た。「語彙のリストはどうやって出すの？」

リーがいくつかキーを押すと、これまでに認識された単語のリストが表示された。

アリソンはもう一度返事を打った。〝わたし、金属の上〟

〝大きな、金属〟とサリーが答えた。

アリソンは微笑んだ。〝イエス、金属、大きい〟彼女はそばに来たクレイを見た。

「そろそろいいかしら？」

彼はうなずいた。「あとはきみたちしだいだ」

「わかったわ、イルカたちが海にいても大丈夫か確かめてみる」

アリソンはまた入力した。〝あなたとダーク、怖い？〟

〝怖くない〟サリーが答えた。〝ダーク、お腹すいてる〟

声を出してアリソンは笑った。「あの子はいつもお腹をすかせている」彼女はいたずらっぽく返事を打った。〝ダーク、いつも、お腹すいてる〟

サリーはコンピュータが翻訳できない奇妙な音を立てた。

はっとしてアリソンはクリスを見た。「今のは、まさか笑い声？」

クリスは興奮気味に微笑んだ。

つかのま緊張を解いてアリソンは体を起こした。「いいわ。ミスター・クレイ、それで、具体的には何を探しているの？」

「小さな白い探査機だ。およそ一メートルの球体だ」クレイは彼女にトリトンⅡの写真を渡した。「半径五キロ以内にあると考えられる」

アリソンは写真を見つめた。「でも、これをどう説明したらいいのかしら？」

リーはもう一度語彙のリストを表示した。

アリソンはリストを確かめ、それから入力した。〝用意できた、サリー？　用意できた、ダーク？〟

〝用意できた〟サリーが答えた。

〝用意できた〟ダークもつづく。

〝金属のボールに似ている〟アリソンは入力した。〝お願い、探して、戻ってきて〟

〝わたしたち、探す〟サリーが答えた。

一同はさらにつづきを待って耳をすませたが、スピーカーは無言のままだった。

「出発したようだ」

アリソンはまたクレイに向き直った。「ミスター・クレイ、念のため言っておくけれど、ダークとサリーがどこまで探せるかわからないわ。イルカは水深六〇メートルより深くには潜らないの。だから、たとえ反響定位で何かがあることがわかったとしても、その場所を示すことしかできないかも」

「わかってる」クレイは答えた。「探査機の浮力タンクにはまだ水が残っていたので、どこまで沈んだのかはっきりしないんだ。それに、このあたりは珊瑚礁がたくさんあるから、運がよければ浅いところに引っかかっているかもしれない」彼は親しげな笑顔になった。「それと、ぼくのことはジョンと呼んでくれ」

15

シーザーが研究室に入ると、ウィル・ボーガーは最後にここに来たときにもあった机の上の地図を見つめていた。ボーガーは顔を上げてうなずいた。「やあ、スティーヴ」

「やあ、ウィル。時間を取ってくれてありがとう」シーザーはボーガーに近づいて、小型ハードディスクを渡した。

「かまわないよ」ボーガーはハードディスクを素早く確かめると、コンピュータに接続した。「クレイはどこだ?」入力しながらたずねた。

「海でイルカたちと遊んでいる」

ボーガーは微笑んだ。「それは結構」画面にハードディスクの中身を示すウィンドウが開いた。「いいだろう、それでこれはなんだ?」

「友人のテイがパスファインダー号から送ってくれたファイルだ。トリトンⅡという無人探査機が降下中に撮影した動画だ……そのあと探査機は姿を消した。録画時間はそれほど長くないが、何か役に立つかもしれないので、きみに見せるべきだと思ってね。要するに、見失ったあとトリトンⅡがどこに行ったかを示す手がかりになることを期待している」

「わかった」ボーガーは半分の速度で動画を再生しはじめた。画面を見つめたまま、背後のジョルトコーラの缶に手を伸ばす。棚にはジョルトコーラの空き缶で小さな塔ができている。株主ではないかと思えるほどの缶の数だ。

ボーガーは缶を開け、トリトンⅡが真っ青な海のなかをおりていく映像を見つめた。音はないが、画質はとてもきれいだ。ちょうど三分が過ぎたところで、映像が乱れはじめる。最初はほとんど気づかないほどの、小さな白い点が浮かんだだけだった。しかし時間が進むにつれ、その点が大きくなり、数も増えてきた。

不意に映像が激しく乱れ、ボーガーは身を乗り出した。映像を止めて巻き戻す。数秒間同じ箇所を何度もくり返したあと、ある箇所で静止させた。

「これはなんだ？」ボーガーはほとんどひとりごとのようにつぶやいた。

シーザーが身を乗り出した。「どこだ？」

ボーガーは静止画をコマ送りし、画面の右上隅を指で示した。「ここだ」

シーザーは顔を寄せた。ぼんやりした明るい色のかたまりが不意に現れた。コマを進めるごとに、その形は少しずつはっきりしてきて、なだらかな曲線を描きはじめる。

「そうだな……探査機の内部の照明が反射して、前面のプレキシガラスにあたっているとか？」

「どうだろう」ボーガーはそう答えて唇を引き結んだ。静止画をコマ送りして何度もくり返し見る。その形はますますはっきりとしていき、その分、周囲の画像がぼやけて他の部分は見えなくなった。彼は映像をまた巻き戻した。「反射ではないな」画面の小さな染みを示す。「海水には堆積物のかけらや、有機物があふれている。ここをよく見てくれ……そうした小さな粒子が窓の向こうを上方に流れていくのが見える。その粒子は、問題の白いものの上を通り過ぎている。もしこれが反射なら、光のせいで粒子は見えなかったはずだ」

シーザーはうなずいた。「たしかに」

「録画装置の異常という可能性もあるが、たぶん違うんじゃないかな」ボーガーはまた映像を進めた。「残念ながら、ここで映像の乱れがひどくなって、もう何も見えなくなってしまった」

シーザーは体を起こした。「結局は謎のままか」

「いや、そうとは限らない」ボーガーはコンピュータのウィンドウを閉じながら言った。新たなプログラムを開き、シーザーには見えないほどの速さでコマンドを立てつづけに入力する。

「どういう意味だ？」

「つまりだ」ボーガーは映像とプログラムを交互に確認しながら言った。「映像の乱れをある程度取り除くことができるかもしれないということだ」

「どうやって？」シーザーは椅子を引いて腰をおろした。

「乱れの割合と程度を数値化できれば、コンピュータで計算して、それを画面から消すことができる。天文学者が地上に設置した望遠鏡を使うときの技術で、〝補償光学〟と呼ばれる手法だ。光は大気を通過する際に歪むので、レーザーを使ってそのずれを計測してコンピュータに補正させる。そのおかげで、大気圏外の軌道にあるハッブル望遠鏡にも劣らぬほど鮮明な画像を得ることができる」

「だがもちろん、ここには計測したくてもレーザーがない」シーザーが指摘した。

「そのとおりだ」ボーガーが答えた。「だが、次善の手段がある」

「どんな手段だ？」

ボーガーが微笑んだ。「数学だ」


クレイは艦橋の壁に背をあずけて、サリーかダークからの返事をアリソンたちと一緒に待っていた。リー・ケンウッドがコンピュータの前に座り、システムログを確かめたあと、顔を上げてクレイを見た。

「いいかな、ミスター・クレイ。いや、ジョン。もし望むなら、この過程を録画することもできる」

アリソンがクレイより先に答えた。「そんなことをきかなくても、この人たちはきっと最初から記録しているわ」

クレイはアリソンとリーを順番に見て肩をすくめた。「彼女の言うとおりだ」

リーは神経質に微笑んだ。「そうか」

「外の空気を吸ってくるわ」アリソンはそう言って、少し離れたところにあるドアを開けた。クリスも彼女について外へ出た。

アリソンはふらつかないよう手すりをつかみ、舷側から青い海をのぞき込んだ。

「誓ってもいいわ、あいつらはみんな同じ」

クリスはおぼつかなげな表情で顔をしかめた。「どうかな。あの男は、ぼくらが忌み嫌ってるタイプとは違うような気もする」そう返して彼女が笑ってくれるのを待つ。

アリソンはそれに乗らなかった。「ジョン・クレイがさっき言ったことを聞いたでしょう？　無断ですべてを録画していたことを認めたのよ」

「ああ、だがそれを否定しなかった。そうだろう？」クリスは言い返した。「事実を隠したまま、〝ぜひ頼む、リー。録画してもらえたらありがたい〟と言うこともできた。いいかアリ、ここは軍隊なんだ。なんでも記録して当然だ！」

アリソンは首を振った。「彼は信頼できない」

クリスはうつむいた。「アリ、きみは誰も信じようとしない」

アリソンは驚いて目を見開いた。「それは違う！」

「いや、そうだ。きみもわかっているはずだ！　いいか、ぼくらは古くからの友達だが、きみは何も打ち明けてくれない。それを認めろよ」

アリソンは憮然としてクリスをにらみつけた。「そんなことはないわ！」

「アリ、きみは素晴らしい人だ。でも、いいかげん過去のしがらみを捨て去るべきだ。ぼくだって軍隊は好きじゃない。もしかしたら、やつらのせいでまたろくでもない目にあうかもしれない、それはたしかだ。だが、ぼくはいつまでも過去を引きずって生きたくないんだ」クリスは海に視線を戻した。「いいか、ぼくはあのクレイという男を知らない。とはいえ、彼はぼくらの協力を本当に評価してくれているように見える。たしかに、自分たちのＰＲが目的なのかもしれない。でも、それがなんだというんだ？　ぼくらだって注目されるんだ」

アリソンは彼を長いあいだ見つめ、それから息を吐き出した。「いいわ。クレイにチャンスをあげてみる」

「よく言った」クリスは彼女を抱きしめた。「さあ、この眺めを楽しもうじゃないか。彼が今頃きみのバッグをのぞいているかもしれないことは考えないようにしよう」

船内では、リーがモニタからまた顔を上げてクレイを見た。クレイは船の揺れによろけないよう壁にもたれかかりながら、舵の近くにいる乗組員たちを眺めていた。

「いいかな、ジョン。きみは海軍で具体的には何をしているんだ？　それともきいたらまずいのかな」

クレイは眉をひそめてみせた。「かまわない。ぼくは特殊な調査に関わっている」

「〝おまえを殺さなければならない〟仕事じゃないだろうね？」

クレイは笑った。「違う。ぼくらの調査対象は、通常の海軍活動に含まれない特殊な問題だ」

「たとえば、どんなことを調べるんだ？」リーは好奇心をおぼえた。

「ほとんどは機密事項だが、よくあるのはシステムの異常や通信のトラブルだ。たとえば、別個のシステムが重複する周波数を使っていて問題が発生するというような。とても退屈な話だよ」

リーは微笑んだ。「ぼくの仕事に負けず劣らず退屈そうだ。カクテルパーティなみにね」

クレイはまた笑った。「ああ、もしパーティで顔を合わせたときは、ぼくの話を聞いてくれるなら、きみの話にも付き合おう」

「いいね」リーも笑いながら答えた。「いずれにせよ、たまには別の技術屋と話すのも悪くない。いつもわけのわからないことを言って仲間を退屈させているものでね」

「わかるよ」クレイはうなずいた。「きみたちのプロジェクトは画期的だ」

「そのとおり」リーは応じた。「翻訳がはじまって、猛烈に面白くなってきた。これほどの急展開は予想もしていなかったが、もちろん大歓迎だ。むしろ停滞することを恐れていた。とりわけアリソンは」

クレイはうなずき、窓の外で話しているクリスとアリソンを見た。

「いいかな」リーがつづけた。「アリソンのことだが、彼女は素晴らしい女性だ。ただ今回の件に関しては、とても警戒している。とりわけダークとサリーのことを心配している。過去に海軍と関わったせいでひどい目にあい、研究者としてのキャリアをつぶされかけたことがある。同じあやまちはおかせないと思っているんだ」

「それは理解できる」

「それに彼女は猛烈に頭がいい」リーはウインクして言い足した。「だから気をつけろ」

クレイは微笑んだ。「心しておくよ」

エマーソン艦長が近づいてきてクレイに呼びかけた。「波が出はじめた」それからリーを見る。「どうだ、あとどれくらいかかるか見当はつくかな？」

「いいえ」リーが答えた。「たぶんその質問は、アリとクリスにするべきでしょう」

アリソンは腕時計を確かめてクリスを見た。「あの子たちはきっと戻ってくるわよね？」

「そう願っている」クリスは目を細めて答えた。

背後のドアが開き、二人が振り向くとエマーソン艦長とクレイが出てきた。エマーソンは海の様子をもう一度確かめ、アリソンに近づいた。「どうだ、イルカたちから連絡は？」

「まだよ」

「どうやら少し波が立ってきたようだ。海の荒れ具合によっては、ここにはいられなくなる」

アリソンは眉をひそめた。「ここを離れるの？」

「場合によっては」

「あの子たちを置いていけないわ！」

「いいかね、気持ちはわかるが、海がひどく荒れたら錨を上げる以外にないんだ。乗組員や乗客の命を危険にさらすことはできない」

「あとどれくらいいられるの？」アリソンはたずねた。

「はっきり答えるのは難しい。海がこのままなら、一時間あるいはたぶん二時間くらいだ」

アリソンは見るからに不安げになった。艦長にうなずくと、海に向き直ってダークとサリーの姿を探す。

彼らが艦橋に戻ると、クレイは不思議そうな表情を浮かべてエマーソンを見た。

「天候がおかしいことに気がついたか?」

「どういう意味だ?」エマーソンはまた外をのぞきながらたずねた。

「海は荒れてきたが、風はなく、空には雲一つない」

16

ペンタゴンは一〇万平方メートル以上の敷地に、合計すると二五キロ以上の長さになる廊下が張りめぐらされている、世界で最大の、そして最も効率的なオフィス建築の一つである。その一番下の階の狭い研究室で、ウィル・ボーガーはトリトンⅡの映像を補正するプログラムをつくる作業に没頭していた。まずカリフォルニア大学バークレー校に長距離電話をかけ、一時間かけてプログラマーにコンピュータのコードを送り、必要となる数学的アルゴリズムも含めて計算法を教わった。今回の目的は惑星探索ではないので、本来は天文学用のプログラムをあちこち大幅に書き直さなければならなかった。

背後のドアが開いて、シーザーが特大のピザとジョルトコーラの六缶パックを持って戻ってきた。この建物で一番頭がいい男に午後のあいだ作業をつづけさせるための見返りだ。

ボーガーは先ほどシーザーが部屋を出たあとも、休みなしで入力をつづけていた。戻ってくる途中、シーザーはまだかなり時間がかかるかもしれないと危ぶみはじめていた。その場合、夕食もおあずけになるかもしれない。

「どんな調子だ？」シーザーはボーガーの隣に座りながらたずねた。

ボーガーは手を止めて、追加したばかりのテキストを注意深く確認した。「いくつかバグを処理した。うまくいったと思う」ウィンドウを切り替え、すべての断片を集め直すコマンドを入力する。「いいぞ。今度はエラーが一つも出ない」ボーガーは最後のコマンドを入力し、エンターキーを押した。「これで試してみよう」

ボーガーは振り向くなりピザの箱の蓋《ふた》を開けた。大きくカットされた一切れとナプキンをつかみ、モニタにまた向き直る。全画面表示で動画がスローモーション再生されていた。シーザーもピザをかじり、椅子の背にもたれて映像を見つめた。

映像は最初に邪魔な影が浮かんだ箇所まで小刻みに動いていった。途中で再生速度がさらに落とされ、コンピュータが静止画像をピクセルごとにスキャンし、次のコマに進む前に余分な汚れを消していく。二人の男は、静止画が徐々に鮮明になっていく様子を無言で見つめた。処理作業が完了すると、ボーガーとシーザーはともに身を乗り出して最後の一コマに映っているものを見極めようとした。トリトンⅡが針路を変えたため、謎の物体はもはや隅の方ではなく、画面全体に広がっていた。

「いったいこれはなんだ？」

ボーガーは首を振った。「まったくわからない。見たところ……弧を描くような形状だ」

シーザーがさらに顔を寄せた。「海底に沈んでいるということか？」

「そうだと思う。そのすぐそばにもっと色の濃いものがあるのがわかるか？　あれは珊瑚だ」ボーガーはつかのま考えた。「通信会社が海中に敷設する光ファイバーケーブルに似ているが、それよりもはるかに大きい」

シーザーは顔をしかめた。「ケーブルじゃない。このあたりの海はそこまで深くないし、この深度ではそもそも見えないはずだ。充分な光が届かないからな。それに、トリトンⅡのライトもそこまで強くない」

「たしかに」ボーガーが答えた。「だが、だとしたらあれがなんであれ、自ら光を放っていることになる」

「ますます奇妙だ。大きさの見当はつくか？」

「それ以上のことがわかる」ボーガーはまた入力をはじめた。「色を反転させて……」次の瞬間、謎の物体は黒くなり、同時に画面の残りの部分が白くなった。「縮小表示にし……全体の形を推定するために、角度を変えることもできる」再びリターンキーを押すと、その物体は小さくなっていった。それから、コンピュータが形を解析しはじめる。やがて物体の形がわかったとき、二人ともショックで唖然《あぜん》となった。

「ぼくの見間違えじゃないだろうな？」

ボーガーはうなずいた。「これは……巨大なリングに見える」

リーは小さなテーブルのそばに座って、くり返しイルカたちを呼んでいた。数分置きに〝こんにちは、ダーク〟、〝こんにちは、サリー〟と打ち込んで待ったが、なんの返事もない。アリソンがよろけながら入ってきて、彼の背後の壁に手をあてた。

「何かわかった？」

リーは力なく首を振った。船が縦に揺れ、テーブルの上にあった小型装置が不意にすべったので、彼はそれが落ちないよう慌ててつかんだ。

アリソンが振り向いて見ると、クリスも同じように不安げな表情を浮かべていた。

「イルカたちを失ってしまったかもしれない」彼はそっとつぶやいた。

「そんなはずないわ」アリソンは首を振った。彼女がリーに目を向けると、彼はその意図を察してまた新たなメッセージを入力した。

クレイが艦橋の反対側から部屋に入ってきて、エマーソン艦長にうなずいてみせた。

「マスコミは全員ラウンジに集まっている。少し窮屈だが、大丈夫だろう。ただ、何人か船酔いで気分が悪くなった者がいるので、ドアの近くに座らせている」

エマーソンはうなずいた。そしてクレイとともにアリソンたちに目をやり、そばまで近づいて最後通牒《つうちょう》を伝えた。「残念だが時間切れだ」

アリソンは壁にもたれて体を支えた。「あと一〇分だけ待って。お願い！　あの子たちを残して去れないわ」

「だめだ、もう待てない。海がこれ以上荒れたら、取り返しのつかない事態に陥りかねない。もう無理だ！」

「お願い！」アリソンは粘った。「あの子たちを失ったらどうなるか、わからないの？」

クレイがエマーソンにかすかに顔を寄せた。「錨を上げるまでに、少なくとも五分はかかる」

エマーソンはクレイを、次にアリソンを見つめた。それからため息をついて振り向く。「ハリス航海士」

一等航海士が素早く振り向いた。「お呼びですか！」

「錨を上げろ」

「了解」ハリスは制御盤に向き直り、送信機をつかんだ。

エマーソンは険しい顔でアリソンを見た。「錨を上げるのに五分ほどかかる。そのあいだは待とう。だがそれが終わりしだい出発する！　わかったね？」

アリソンはあきらめてうなずいた。「ありがとう」

船首で巨大なモーターが動き出し、巨大な錨をつないだ鎖をゆっくり巻き上げはじめた。パスファインダー号の周囲では波がうねり、船は激しく揺れ出している。波にあおられて船首が高く浮かび上がったかと思うと、海面に叩きつけられた。激しい揺れのせいで、艫に置かれたイルカの水槽の水は三分の一ほどがこぼれて失われていた。ラウンジでは鞄《かばん》やカメラバッグが棚から落ち、床を転がった。誰もがどこかにしがみつこうとし、支えを失った者たちが隣の誰かの上に倒れ込み、おびえた表情を浮かべた。

突然、巻き上げられていた鎖が大きな音を立てて止まった。

甲板の下にいた二人の乗組員が巻き揚げ機を調べ、モーターをもう一度試した。まったく動かない。彼らはさらに力を込めてみた。今度もモーターは凍りついたように動かず、かすかに灰色の煙を吐き出しはじめた。二人は慌ただしくレバーを切り替え、逆方向にまわして鎖をはずそうとした。それでも頑として動かない。どうやら巨大な錨は海底のどこかに引っかかってしまったようだった。

一等航海士のハリスは、送信機を手にして艦長を見た。エマーソンも、あたりに響きわたった大きな音を聞いていた。不意に船が激しく揺れる。「巻き揚げ機がからまりました」

エマーソンは目をむいた。「ほどくんだ！」

「できません！　試しました」

エマーソンをはじめ艦橋にいた全員が、何かにしがみつこうとした。エマーソンはもう一度窓の外を見た。空はまだ晴れていたが、海は急激に時化《しけ》はじめている。エマーソンが目をやると、クレイはほとんどわからないほどかすかにうなずいた。

「錨を切り離せ！」エマーソンはハリスに命令した。

「了解」一等航海士は答えた。

甲板の下で、乗組員の一人が濃い色のマスクで顔を覆い、松明《トーチ》に点火して、大きな歯車に片腕をからめた。彼の背後から、もう一人の乗組員が支えている。トーチの炎が大きな鎖の輪にあたり、太い金属をゆっくり切断しはじめた。

艦橋では、通信士が別の通信機を取った。しばらく耳を傾けたあと、クレイに向き直る。

「ミスター・クレイ、陸地からあなた宛の電話です」

クレイはよろけながら近寄り、大きな制御盤に手を伸ばした。「いったい誰から？」

若い通信士は通信機に話しかけ、返事を待った。「スティーヴ・シーザーからだそうです」

「よりによってこんなときに」クレイはうめいた。「かけ直すと伝えてくれ」

通信士はそう呼びかけてから返事を待ち、またクレイに向き直った。「緊急だと言っています」

クレイは電話をひったくると、ほとんど叫ぶように呼びかけた。「間が悪いぞ、スティーヴ！」

「大丈夫か？」シーザーがたずねた。

「ああ。ただ、今忙しいんだ。手短に頼む」

シーザーは真剣な口調だった。「ジョン、よく聞け。トリトンⅡの映像でわかったことがある」

「教えてくれ」

「海底に大きなものがある」シーザーは言った。「猛烈に大きい」

クレイはシーザーと話しながらエマーソンを見た。「どんなものだ？」

「わからない。リングのような形をしている。ボーガーは、直径二五キロと見積もっていた」

クレイは目をむいた。「二五キロ？」

「ああ、幅二五キロメートルだ」シーザーがくり返した。

「あり得ない！」

「きみたちは今その真上にいる。一刻も早く離れるんだ！」

「まさにそうしていたところだ」クレイは通信機を通信士に返し、エマーソンを見た。「大至急ここを離れなければ！」

二層下の甲板では、二人の乗組員がよろけながらトーチの炎を鎖にあてつづけていた。船首がまたせり上がり、二人とも踏ん張ろうとして大きな巻き揚げ機の歯車をつかんだ。高熱の炎がゆっくり鎖を溶かしていき、鉄の小さなかけらが床にばらばらと落ちる。不意に船が左舷へ揺れた。二人は倒れて鉄の壁にぶつかり、トーチの先端がつぶれて炎が消えた。

ハリス航海士はまたエマーソンに向き直った。「艦長、トーチが壊れました」

エマーソンは考えをめぐらせながらハリスを見つめた。「鎖をつけたままでどれくらい動ける？」

最初、ハリスは艦長の言葉の意味がのみ込めなかったが、すぐに気づいた。「充分に速度を出せます！」

「やれ！」

ハリスは艦橋にいた別の乗組員に呼びかけた。「エンジンをかけろ！」

「いたぞ！」リーが声をあげた。「ダークとサリーが戻ってきた！」

アリソンはリーの机まで飛んでいき、画面を確かめた。素早くエマーソンに向き直る。「待って！　お願い、待って！」

エマーソンは彼女をにらみつけ、人さし指を差し上げた。「一分だけだ！」

アリソンは猛烈な勢いでキーボードを打った。〝サリー、あなた、ダーク、大丈夫？〟

〝イエス〟サリーが答えた。

〝わたしたち、トラブル。わたしたち、出発、必要。わたしたち、ついてきて！〟アリソンは翻訳ボタンを押して、艦橋を見まわした。誰もが部屋のなかの何かにつかまって彼女を見つめている。

画面にエラーメッセージが出た。〝翻訳不能〟

「そんな」アリソンがうめいた。

リーが彼女の肩越しにのぞき込んだ。「エクスクラメーションマークを取るんだ」

アリソンはもう一度入力した。

長すぎる一瞬が過ぎたのち、二頭のイルカから〝オーケー〟と返事が届いた。

「出発して！」アリソンが乗組員に叫んだ。

たちまち巨大なエンジンがうなりをあげ、パスファインダー号は前進しはじめた。その動きとともに、鎖が急にぴんと張りつめる。船体がぶるりと震えた。錨との綱引きで緊迫した船上で、乗組員もそれ以外の者たちも何かにしっかりとしがみついた。

「全速前進！」エマーソンが声をあげた。

エンジンの咆哮《ほうこう》がさらに大きくなる。鎖が船体の脇にこすれて大きな音を立てた。甲板の下では、巻き揚げ機にからまっている鎖の途中まで切断された箇所がゆっくりとねじれはじめた。鎖は少しずつ引き伸ばされ、ついに切れてはじけ、その端が船体に叩きつけられた。そして船は勢いよく前に動きはじめた。

艦橋にいたほぼ全員がバランスを崩し、床に倒れた。パスファインダー号は大波に乗り上げ、次の波の底へと舳先《へさき》から叩きつけられた。ラウンジでは、乗客たちがお互いにしがみつこうとしながら倒れ込み、隔壁にぶつかりテーブルを飛び越えて転がっていった。

17

マリン・ワンと呼ばれる大統領専用ヘリコプター、VH－3がホワイトハウスの裏手の芝地にゆっくりと降下した。地面から一メートルほどのところでいったん止まってから重い機体は衝撃を吸収し、軽く揺れただけでそっと着地した。回転翼が止まりはじめるのを待って同乗していた海兵隊員が内側からドアを開け、梯子をおろした。彼はキャスリン・ロッケの手を取り、彼女が最初の段に足を置いて地上で待っていた別の海兵隊員のところまでおりていくのを支えた。

キャスリンは、地面におり立ったあとすぐにヘリコプターから引き離された。無意識のうちに肩にかけたバッグをしっかりとつかむ。白髪まじりの年配の男が、よろけているようにも見える、小刻みでせかせかした足取りで近づいてきた。ビル・メイソンはホワイトハウスの首席補佐官で、セキュリティ全般に関わっている。これまで彼とは何度か会ったことがあるだけだった。礼儀正しいが、いつもいらいらしていてせっかちに見える男だ。

「久しぶりだな、ミズ・ロッケ」メイソンはホワイトハウスの裏口へとつづく、きれいに刈り込まれた小径《こみち》を示した。「こちらだ」

二人は両開きの重厚な扉から建物のなかに入った。そこでキャスリンは、バッグをスキャンするためにベルトコンベアに置くよう求められた。そして女性のシークレットサービスに体をあらためられたのち、前に連れていかれた。キャスリンはベルトコンベアの端にあったバッグを素早くつかむと、またメイソンのあとをついていった。

「きみの到着が数分遅れたので、大統領はお待ちかねだ」メイソンは廊下の角を曲がり、地下へとつづく階段をおりていった。さらに二度曲がり、悪名高き情報伝達室に着いた。「何か必要なものは？」

キャスリンは首を振った。資料もプレゼンテーションも何度も確認ずみだ。

キャスリンが部屋に入ると、ジョナサン・スコット・カー大統領は背を向けて立っていた。大統領はメイソンが彼女のあとにつづいて入ると振り向いた。「大統領、USGSのキャスリン・ロッケ博士です」

カー大統領は一九〇センチを超える大柄な男で、威圧感があった。「よろしく、ロッケ博士」

キャスリンは緊張して微笑んだ。「お目にかかれて光栄です、大統領。お時間を取ってくださり、ありがとうございます」

「待っていたよ」大統領は下がって椅子をつかんだ。「慌ただしいが許してくれ。二〇分後にイスラエルと電話で話すことになっている。はじめていいかな？」

「ええ、もちろん」キャスリンは答え、バッグから素早くノートパソコンを取り出した。テーブルのまわりにはすでに何人かが座っている。副大統領、防衛長官、それに国家安全保障担当補佐官の顔はわかった。他のほとんどは制服姿で、軍の高官と思われた。

キャスリンはノートパソコンを開き、ケーブルを背後の大きなモニタにつなぐと話しはじめた。「大統領」次に他の者たちを見る。「そしてみなさん、USGSは過去数十年にわたり、とりわけこの数年間は仔細に、北極と南極で急速に進行している変動を調査してきました」彼女がボタンを押すと、大きなモニタにノートパソコンに表示されている地図が浮かび上がった。

「四枚の写真のうち、二枚は北極、二枚は南極です。それぞれの写真は二年間隔で撮られています」キャスリンは振り向いて画面を示した。「この高さから見ると、変化は一目瞭然です。しかも、これらの変化は加速しています。数年前に、ロンネ氷棚から氷のかたまりが海に崩落し、北に流れていったことをご記憶でしょうか。その際の崩落は、長年計測してきた氷塊の重量と圧力の増加によるもので、負荷が氷の強度を超えた時点で崩れたのです」

彼女がノートパソコンのボタンを押すと、さらに大きな南極の画像が表示された。以前撮影された衛星写真で、巨大なロンネ氷棚から氷が割れて落ちた場所が示されている。写真では、氷塊はすでに数百キロ離れたところに見えた。

「この崩落は予想外でしたが、幸いにも影響は深刻ではありませんでした」キャスリンは言葉を切り、また部屋を見まわす。「わたしがここにいる理由は、数日前にきわめて重要な報告がもたらされたためです」

「この棚に沿って地震、より正確には地質学的な変動が起きました。今回は単に氷が崩れただけではありません」次の画像には、棚を広範に覆う氷の部分が示されていた。その南側に、新たに起きた変動を示す赤線が引かれている。陸地の最初の隆起近くからはじまり、大陸の中心部に向かっていることは明らかだ。「数年前に氷棚から大きなかたまりが崩れたとき、それは海に浮かんで流れていきました。浮かんだのは、氷の密度が水よりも低いためです」そこで画面は赤い線にズームインした。「しかし、今回の変動は氷河の地盤で起きています。つまり、氷よりもはるかに密度の高い陸地です。その地盤がこれまでに五メートルほど沈んでいます」

カー大統領はテーブルを見まわしてから視線をキャスリンに戻した。「それが意味することは？」

キャスリンは一拍置いた。心臓が激しく打っているが、ここは慎重に言葉を選ばなければならない。「自然災害のリスクが差し迫っていることを意味します」

テーブルの左側にいたメイソンが口を開いた。「どの程度のリスクだ？」

「はっきりとはわかりません」キャスリンは息をついた。何人かが顔をしかめたのがわかった。「時系列に沿って正確に検証しないと、リスクの程度は判断できません。ただ、その確率とそれがもたらす影響の大きさを勘案すると、リスクは……とても深刻です」

誰かが話しはじめたが、大統領が手を上げて制した。「ミズ・ロッケ、〝影響〟とは具体的にはどのようなものだろう？」

「はい、考慮すべき要素はたくさんあります。そのなかで最悪のシナリオは、氷河の地盤が大規模な地すべりを起こして海になだれ込み、大西洋に巨大津波をもたらす危険です。その規模は、歴史上かつてないものになるでしょう」

「インドネシア地震と同規模か？」メイソンがたずねた。

「それよりはるかに大きいものです。大西洋の両岸、ロンドンに至るまでのすべての主要都市や港湾を壊滅させるエネルギーを有しています。津波は内陸まで到達するでしょう。インドネシア地震よりも数段階大きい破壊力です」

部屋には長い沈黙が流れた。

「それで」国家安全保障担当補佐官が眼鏡をはずして、指にはさんだ。「どうすればいい？」

ハンク・スティーヴァスは権謀術にたけている。背が低く六〇代後半で、あらゆる党派から非難を受けてきた。攻撃的で傲岸不遜《ごうがんふそん》、いちいち無礼な男だ。誰よりもこの場にいてほしくない相手だった。

キャスリンは深く息を吸い込んだ。「最善の策は、先手を打って世界的なパニックを未然に防ぐことです。そのためには、ひずみをもたらす圧力を和らげる方法を具体的に考えなければなりません。それにはある程度の時間と資源が必要で――」

「わかった」スティーヴァスが彼女をさえぎった。「それで、ＵＳＧＳの全員がきみの見解を支持しているのかね？」

この質問は予想していた。ハンク・スティーヴァスは一年前、キャスリンの環境問題に関する報告を露骨に非難した。彼が経験に基づく事実を完全に無視し、〝考慮する〟気がいっさいないのは驚きだった。相手の人格や評判をひたすら批判するという政治的な態度に終始していた。昨年のその出来事のあとで、キャスリンは彼が自分の前任者と親しかったことを知った。今回もすんなり耳を傾けるつもりなどないようだ。

キャスリンはためらった。話は単純ではないのに、ひとことで答えてしまうとスティーヴァスを満足させることになる。「いいえ」

「いいえ、か」スティーヴァスはくり返し、うなずきながら顔をしかめた。「それでは、いったい何人の科学者がきみに賛成しているんだね？」

皮肉めいた声が部屋にこだまし、キャスリンはスティーヴァスを見つめた。〝その見解〟ではなく、〝きみに〟賛成するという表現を使うのがいかにも巧妙だ。「それほど簡単な話では――」

スティーヴァスは嘲《あざけ》るように両腕を広げた。「教えてくれ、スタッフのうち何人がきみに賛成しているんだ？　半分か？　半分以下か？　そもそも、きみの見解に賛成している者が一人でもいるのかね？　世界最大の科学機関の長として、少なくとも部下の何人かは賛成してくれていることを願うね」

キャスリンはスティーヴァスをにらみつけないようこらえた。「もちろん同じ考えの者はいます」

「いるのか」スティーヴァスは皮肉っぽくうなずいた。「それはそれは」その場にいる全員に念を押すように部屋を見まわす。「つまりここで我々は、深刻な危険をもたらすかもしれないし、もたらさないかもしれない地質学的な問題に関する、少数派の科学的な意見を聞かされているわけだ。しかも、それを検証するためには費用がたっぷりかかる。去年きみは、科学界の常識に反して、実際のところ世界的に海面は下がっているという発表をした。そのことをここにいる全員に教えてもいいかね？　他の研究者たちは、正反対の主張をしていた。しかも、正反対の計測値を添えて」

キャスリンは返事をしたくなかったが、反論しないわけにはいかなかった。「わたしの主張としては、従来の計算法には月の引力パターンや地球の赤道部分の膨張といった複数の変数を考慮していない欠陥があるため——」

「きみの結論は」スティーヴァスはまたしても彼女をさえぎった。「海面は下がっているが、消えた水がどこに行ったのか説明できないというものだった！ 教えてくれ、ミズ・ロッケ、あれから一年たった今、誰かきみの主張に賛成している者はいるのかね？」

先ほどの質問よりも答えたくない問いかけだった。スティーヴァスは明らかにこの会議の議題を事前に知っていて、話をつぶそうと決めていたのだ。キャスリンはしぶしぶ答えた。「わたしの知る限りではいません。ですが、この話は近くの海岸まで棒を持っていって計ればいいようなことではないのをご理解ください。複雑な計算が必要とされます」

「きみの知る限り、賛成者はいないと」スティーヴァスはくり返した。

「いいですか」キャスリンはスティーヴァスを無視して他の者たちに呼びかけた。「状況はきわめて深刻です。氷棚にかかる圧力を減らすための対策を、それもすぐに講じなければ、史上最悪の災害に見舞われるかもしれません。もし大陸そのものが一部でも崩壊したら、わずか数時間のうちに五〇〇〇万人を避難させなければならなくなります」スティーヴァスをにらみつける。「切迫した状況で、それだけの人数がスムーズに避難できるとお考えですか？」

キャスリンはカー大統領を見た。彼は両手を顔の前で重ね、まわりの人々を見つめている。「ミズ・ロッケ、その変動が差し迫っているという具体的な証拠はあるのかね？」

スティーヴァスがまた眼鏡をかけるのを、キャスリンは視界の隅でとらえた。「いいえ」

「いいかね、具体的な証拠もないまま、世界の半分の国にパニックを引き起こしかねない警告を触れてまわることはできない」大統領は立ち上がり、他の者たちもすぐにつづいた。「さらなる調査を指揮したのち、たしかな事実をつかんだら教えてほしい」大統領はキャスリンと握手した。「報告に感謝する」

全員が部屋から出ていくのを、キャスリンは呆然と見送った。彼女と握手をして出ていく者もいたが、スティーヴァスは違った。

キャスリンはゆっくりと資料を集め、バッグに戻した。メイソンが廊下で待っていた。今ここであったことが信じられない。大統領が目の前にいたのに、彼は要するにわたしは無能だというスティーヴァスの意見をそのまま受け入れたのだ。

キャスリンは吐き気をおぼえた。下劣な政治的駆け引きのせいで、門前払いを食らわされてしまった。もし彼女が正しければ、スティーヴァスと合衆国大統領はたった今、何百万人もの人々に死刑を宣告したのだ。

キャスリンは会議室を出ると、メイソンのあとについて階段をのぼった。手遅れになるまで政府は何もするつもりがないのがわかった今となっては、自分が間違っていることを、まったく見当違いの心配をしていることを願うばかりだった。

18

一時間近くにわたって六メートルの高波がうねっていたが、そのあと海はようやく落ち着きはじめ、パスファインダー号は北へと進んだ。乗組員と乗客たちはしばらくのあいだぐったりしていたが、ほどなくしてそれぞれの傷の手当てをはじめた。マスコミのうち数人がラウンジで倒れた際に怪我を負い、船内の医療スタッフによる処置をほどこされていた。

アリソンは、ダークとサリーがついてきているか確かめるために艦橋の脇にまわった。二頭のイルカは舳先近くにちゃんといた。波間を伸びやかに泳ぎ、飛び跳ねている。アリソンが振り向いてなかに戻ろうとしたとき、エマーソン艦長が反対側から戻ってきた。

「ちょっといいか、クレイ。この船には具合が悪くなったり怪我をしたりしている者があふれ返り、ラウンジが診療所代わりになっている。おかげで包帯と副木が底を突きかけている。いったい何が起きているんだ？」

「わからないんだ、ルディ。ぼくもまだそれを突き止めようとしているところでね」

エマーソンはかぶりを振った。「こんなことは初めてだ。空は晴れ渡っているのに、いきなり海が荒れ、危うく船が沈みかけた。とてつもなく奇妙だ」

「どういうことか、ぼくも知りたい」クレイが応じた。

「それで、さっきの電話はなんだったんだ？　何か知らされていたようだが」

クレイはアリソンと彼女の仲間を見た。「きみたちは機密情報取り扱い許可は持っていないだろうね？」

彼らはそろって首を振った。

クレイはため息をついてエマーソンに向き直った。「彼らも知っておく必要があるだろう。シーザーと国防総省の専門家が、トリトンⅡが記録した映像で、あるものを見つけたんだ」

エマーソンは返事を待ってクレイを見た。

「海底に未確認の物体があるらしい。とても大きな物体が」

「どのくらいの大きさだ？」エマーソンがたずねた。

「幅が二五キロメートル以上ある」

「なんだって！」エマーソンはむせそうになった。「冗談だろう？」

「あいにく違うんだ。どうやら、リングの形をしているらしい」

エマーソンは眉をひそめた。「幅二五キロの〝リング〟？　いったいどういうことだ？」

クレイは途方に暮れたように肩をすくめた。「ぼくにもまったく見当がつかない。

こちらからまた連絡して、もっと情報がないか確かめてみる。ところでミズ・ショウ、きみのイルカたちからの報告を聞けるかな？」

アリソンはうなずいた。「まずはエンジンを止めてもらわないと」

エマーソンは一等航海士を見た。「エンジンを止めろ」

「了解」ハリスは答えてエンジンを停止させた。船がゆっくりと止まる。

リーはテーブルに座り、〝こんにちは、サリー、こんにちは、ダーク〟と入力して翻訳ボタンを押した。

〝こんにちは、リー〟

〝きみたち、大丈夫？〟リーがたずねた。

〝イエス〟

〝金属のボール、見つけた？〟

〝イエス、とても遠く、ついてきて〟

〝待って〟リーは艦長に顔をしかめてみせた。「戻りたくないでしょうね」

「ガラスのかけらを食べる方がましだ」エマーソンは言いきった。

「思うに――」クレイは不意に言葉を切り、クリス・ラミレスの背後を見つめた。窓の外から彼らをじっと見つめる人物がいる。クレイが顔を確かめようと一歩踏み出し、アリソンたちが振り向いた瞬間、相手は手にしていた何かをいきなり彼らの方に向けた。「伏せろ！」クレイが叫び、アリソンの前に立ちはだかった。

アリソンはクレイをつかみ、彼の肩越しに様子をうかがった。すぐに、窓のそばにいる男が目に入った。帽子を逆さにかぶっていた、あのマスコミの男だ。男は彼らではなく、リー・ケンウッドのモニタを狙っていた。そして見つかったことに気づくと、素早くその物体をおろして身を翻《ひるがえ》した。

「待て！」クレイは叫ぶなり男を追いかけた。ドアから飛び出して長い通路を駆け抜ける。一歩ごとに靴が頑丈な金属板の床にこすれて音を立てる。

謎の男は階段まで一気に走り、すべるようにして下の階に飛びおりた。それから猛然とラウンジを走り抜け、艫に向かう。

「そいつを止めろ！」クレイは叫んでから、外には他に誰もいないことに気づいて悪態をついた。乗組員のほとんどは、船医を手伝って乗客の手当てをしている。クレイは二階の通路の端まで行き着くと角を曲がったが、哨戒デッキには誰の姿もなかった。彼はそのまま左舷にまわって前方を見た。エマーソンが反対側からこちらに走ってくる。クレイはもう一度ぐるりと見まわし、先ほどの男が背後を走り抜けていく姿をかろうじてとらえた。男はイルカの水槽が置かれている艫のデッキの手すりに向かっていた。男はきょろきょろとあたりを見まわし、クレイがすぐそばまで迫っているのに気づくと、その手すりを飛び越えて下に逃げようとした。しかし、その際に服の裾が突き出ていたボルトに引っかかってしまった。はずみで男は両脚をなぎ払われて前のめりになり、頭から落ちていった。空中で必死に体勢を立て直そうとしたが間に合わず、甲板に頭が叩きつけられていやな音を立てた。

クレイにつづいてエマーソン、さらに艦橋にいた他の乗組員も走ってきて金属製の階段をおり、動かなくなった男に駆け寄った。クレイは指を男の首にあて、脈を探した。「まだ生きている」

少し遅れてさらに二人の乗組員がやってきた。「医者を呼べ！」エマーソンが叫ぶと、そのうちの一人が階段を駆け戻っていった。残った二人がクレイの隣に膝をつき、男をゆっくりと仰向けにするのを手伝った。男の服を切り開き、目立った外傷がないか探す。

船医が階段を急ぎ足でおりてきて男の状態を確かめはじめると、クレイとエマーソンは立ち上がって少し離れた。数分後、医師は乗組員たちを見上げた。「できるだけ動かさずにストレッチャーに乗せて、医務室まで運んでくれ！」

船は揺れていたが、乗組員たちは怪我をした男をストレッチャーから落とさずに階段をのぼっていった。彼らが二階のデッキに上がり、男をラウンジの前方、艦橋のすぐ下の裏手にある医務室まで運んでいくのをクレイとエマーソンは目で追いかけた。

エマーソンは頭を振った。「今日という日は、とにかくいかれてる」階段に向かいかけたエマーソンは、クレイに腕をつかまれた。

「戻る前にこれを見てくれ」クレイはポケットから小さな銀色の物体を取り出し、艦長に見せた。

「これはなんだ?」エマーソンは物体を受け取り、手の上でひっくり返した。三センチのほどの厚みがある、小さくて平らな金属製の立方体だった。

「わからない」クレイは答えた。「だが、あの男が窓越しにぼくらに向けていたものだ」

「どこで手に入れたんだ?」エマーソンはたずねた。

「あの男のポケットにあった」

「ふむ……銀のかたまりのように見える。あるいは、デジタルカメラか。もっとも、表面に何もない。レンズも、ボタンも、何一つなくてつるつるだ」エマーソンはそれをクレイに返した。

クレイは立方体のなめらかな側面に指をすべらせた。「どうしてあいつはこれをかざしていたんだろう?」

「まったくわからん」

クレイは顔をしかめた。「面白いことに、あいつはこれで狙いを定めているように見えた」

「武器のように？」

「そう思えた」クレイは答えた。「ただ、ぼくらを狙っていたんじゃなかった。リー・ケンウッドという若い男と、彼の前のモニタに向けていた」


クレイは医務室の外に立ち、船医のカンナが意識を失って診察台に横たわっている男を診察している姿を眺めていた。男の指紋を調べたが記録はなく、身分証明書も取材証も身につけていなかった。どうやって他の者たちに紛れて乗船できたのかわからない。おそらく栈橋での確認の際の手違いか、なんらかの不正手段によるものと思われた。他のマスコミに確認したが、誰一人としてこの男のことを知らなかった。

カンナは意識のない男を診察しながら、小さなマイクに向かって所見を口述していた。怪我はひどく、すでに最も近い病院まで搬送するためのヘリコプターを要請している。カンナがX線写真を撮っているとき、アリソンがクレイの背後に近づいてきた。

「何かわかったことは？」アリソンがたずねた。

クレイは首を振った。「まだだ。あの男は謎のかたまりだ」

「彼を搬送するヘリが近づいてくる音が聞こえる」

クレイはうなずいた。「かなりの重傷らしい」

アリソンは長いあいだ医師を無言で見つめていたが、しばらくしてクレイに向き直った。「聞いて……あなたにお礼が言いたいの」

クレイは窓から振り向いた。「何について？」

「あの男が何をしていたのかわからないけれど、とにかくあなたはわたしを守ってくれた」彼女は診察台に横たわっている男を示した。

「ああ」クレイは素っ気なく肩をすくめた。「たいしたことじゃない、とっさに体が動いただけだ」背を向けようとしたとき、まだアリソンに見つめられていることに気づいた。「どうした？」

アリソンは何も言わず、彼を凝視している。

クレイはようやくその意味に気づいて微笑んだ。「どういたしまして」

アリソンはほっとした顔になった。「質問してもいいかしら？」

「もちろん」

「本当に探査機を探しているだけなの？」

クレイはまた微笑んだ。「そうだ」

「隠された目的はないの？」アリソンは懐疑的な口調だった。

「探査機を回収したいだけだ」

アリソンはその返事にうなずいた。「あなたに謝らないと」

「どうして？」

アリソンは視線をさまよわせた。「そうね、あなたは気づいていなかったかもしれないけれど、わたしはひどい態度だった」

クレイは笑い声をあげた。「気がつかなかったな」

「相当に鈍いわね」

「そういう憎まれ口のことを言っているのかい？」クレイはわざとらしく腕を振ってみせた。

「もう、やめてちょうだい」彼女はかぶりを振った。

「心配しなくていい。当然のことだ」

「どういう意味？」

「きみのことは少し調べさせてもらった。海軍がきみの中央アメリカでの研究に対してしたことについて」

「なんですって？」アリソンは声をあげた。「わたしのファイルを読んだの？」

クレイは微笑んだ。「ファイル？　どのファイルだ？　きみの名前をググったんだよ」

今度はアリソンが笑う番だった。「あの話をグーグルで見つけたの？」

「ぼくらが海軍のデータベースなんかより、グーグルをどれほど使っているか知ったら、きっと驚くぞ」

アリソンはまだ笑いながらうなずき、手を差し出した。「それなら……気分を害していないのね？」

クレイは彼女の手を握り、優しく振った。「もちろん」診察をつづけている医師に視線を戻す。「それで、ダークとサリーはどんな様子だ？」

「元気よ。少しお腹をすかせているけれど、大丈夫」

クレイは向き直った。「アリソン、ぜひ言っておきたいことがある。これまで驚くべきことをいろいろ見てきたが、きみがイルカたちとしていることには心底驚かされた」

「ありがとう」アリソンは肩をすくめた。「でも、わたしだけの手柄じゃない」

「わかってる。だがきみの役割はきわめて大きい」クレイは彼女に真剣なまなざしを向けた。「きみは世界を変えるかもしれないな、アリソン・ショウ」

アリソンは微笑んだ。「そうであることを願うわ」

クレイはつかのま考えをめぐらした。「一つ質問していいかな？」

「もちろん」

彼は言葉を注意深く選び、ゆっくりと話しはじめた。「誰か……きみが成功することを望まない者はいるだろうか？」

「どういう意味？」

「つまり、きみには競争相手がいるだろうか？　同じ目標を掲げている他のグループとか？」

「もちろん。他にもいくつかのグループが研究しているわ。合衆国にいくつか、それにヨーロッパにも。どうして？」

クレイは、ガラスの向こう側で意識を失ったままの男をまた見た。「あの男は、きみたち三人がしていたことにとても興味を持っていたように見えた」

アリソンは混乱した顔になった。「でも、だからこそこの船に乗ったわけでしょう。こっそりモニタの画面を撮影しようとしていたんだとばかり思ってた。つまり、〝スクープ〟をものにするために」

クレイはアリソンに向き直った。「それならどうして逃げたんだ？」

アリソンは戸惑ったように彼を見た。それは思いつかなかった。「わからないわ。ラウンジを勝手に離れたせいでとがめられると思ったんじゃないかしら。かなり危険な状況だったから」

「ふむ」クレイはひとりごとのようにつぶやいた。「無断で歩きまわったくらいで、どれだけ面倒なことになるっていうんだ？」

「冗談を言ってるの？　ここは海軍の船よ」アリソンは彼に皮肉なまなざしを向けた。「軍隊についてはよく知っているでしょう！　やたら細かいことにこだわるじゃない」

「たしかに」クレイはうなずいたが、まだ納得していなかった。ポケットに手を入れて、男が持っていた小さな立方体の物体を取り出した。「これが何かわかるかい？」

アリソンは立方体を見た。「カメラ？」

「ぼくもそう思った」クレイはそれをひっくり返して、いろいろな面を見せた。「だが、レンズもモニタもないし、表面はつるつるだ」

アリソンは立方体を受け取り、いじりまわして細かく調べた。「でも重くないわ。金属であれば重いはずよ、そうじゃない？」

「金属の種類にもよるが、たしかにそうだ。普通に考えると、もっと重いはずだ」

「それならこれはいったいなんなの？」

「わからない」クレイはアリソンから物体を受け取って答えた。「だが、もしカメラではないなら、どうしてあいつはこれを窓の外から向けていたんだ？」アリソンを見る。「てっきり、きみたちの情報を盗もうとしていたんだと思った」

アリソンは肩をすくめた。「話としてはあり得るけど、研究者というのは敵対して争うよりも、協力し合うのが普通だわ。誤解しないで。もちろん自分の研究を隠したがる人たちもいるけれど、それは物理学とか電子工学といった、商業的な利益を上げる可能性がある分野での話なの。わたしたちが研究成果を隠すとしたら、お金が目当てではなくて、他の研究者を出し抜きたいというだけ。つまりね、海洋生物学でお金持ちになれる人はそう多くない。たしかに、本を書いたり、給料のいい大学に終身雇用してもらえるとかいったことはあるかもしれないけれど、お金持ちになりたくて研究を秘密にしつづけるような発想はないの」

「それに、同じイルカの研究といっても他のグループはまったく異なるアプローチをしている。手作業に近いやり方で、わたしたちのように先端技術は使っていない。実のところ、二つのグループは運動エネルギーの影響を計っていて、意思の疎通を図ろうとはしていない」

「つまり、きみたちのデータを狙う理由はない、と」クレイは結論づけた。

「考えにくいわ」

クレイはアリソンの説明を受け入れてうなずいた。「いいかな、他にもきみに話しておくべきことがある」

「教えて」

クレイは深く息を吸い込んだ。「機密情報取り扱い許可を持っているかとたずねたのは、別に脅しをかけたわけじゃないんだ」

「冗談かと思ったわ」アリソンは微笑んだ。「どうしてあんなことをきいたの?」

「エマーソン艦長や上司と話したが、やはりこの船で起きたことはすべて機密事項として扱われることになった」

「どういう意味？」

「つまり、きみたちも含めてこの船に乗っている全員は、港に戻ったあと詳細な証言を求められるということだ」

「わかったわ」アリソンは気にしていないようだった。「どれくらいかかるの？」

「はっきりとは言えないが、たぶん一人数時間ずつだろう」クレイは答えた。「忘れないでほしいが、我々は軍隊なんだ。やたら細かいことにこだわるたちでね」

アリソンは驚いた。「一人に何時間も？」

「遺憾ながら」

「でも、それは困るわ。ダークとサリーをどうすればいいの？　水槽に戻したばかりよ。わたしがまぶしい光を浴びて尋問されているあいだ、一晩じゅうあそこに入れたままにはしておけないわ」

「まぶしい光？」

「それがあなたたちのやり方じゃないの？」アリソンは声をあげた。

「まあ、落ち着いてくれ。きみたちに強い光をあてる前に、イルカたちをまず水族館に帰すことを認めさせた。ただし、そのあときみたちをまた連れ戻さなければならないが」

「認めさせたというのはどういう意味？」

「少しばかり説得を要したということだ」クレイは答えた。

「誰が説得してくれたの？　あなた？」

「重要なのは、最初にダークとサリーを水族館に戻すことだ」

「ありがとう」アリソンは心から礼を言った。どうやらクレイは彼女が思っていたような男ではなかったらしい。

「お礼を言うのはまだ早い。証言はかなり大変かもしれない」

アリソンはうなずき、狭い部屋を見まわした。カンナが大きな画面に映し出されたデジタルX線写真を見つめ、顎に手をあてて下がった。

「そろそろ荷物をまとめた方がよさそうね。あなたは上に戻るの？」

クレイは首を振った。「まだだ。先生にいくつか質問がある」ポケットからまた銀色の物体を取り出す。「それに、ここのX線装置を借りようかと思っている」

「わかったわ」アリソンは一拍置いてから手を差し出した。「あなたと仕事ができてよかった」

クレイは微笑み、もう一度握手した。「こちらこそ」

アリソンは踵《きびす》を返して部屋から出ていき、ドアを閉めた。

クレイが医務室に入ったとき、カンナはまだX線写真をにらみつけていた。部屋はちょっとしたクリニックなみの広さで、ステンレススチールの器具や設備が潤沢にあった。奥の壁際にある小さな本棚には、医学雑誌や書籍がぎっしり並んでいる。カンナはちらりとクレイを見たあと、また画面に視線を戻した。

「ドクター・カンナ」クレイは静かに呼びかけた。

「やあ、ジョン」

「何か変化は？」

「あるが、いい方にじゃない。むしろ急激に悪化している。ヘリコプターが早く到着することを祈るよ。間に合わないかもしれない」カンナは部屋をぐるりと示してみせた。「ここでは、できることが限られている」

クレイはうなずいた。男には、心拍数と血圧のモニタがつけられているだけだった。医学の知識が乏しいクレイの目にも、そのどちらも異常に低い数値に見える。

「だが、奇妙なんだ」カンナは言葉を継いだ。「最も危惧《きぐ》すべきは頭部の外傷で、脳が腫《は》れていると思う。だが、それ以外は比較的ダメージが少ないように見えるんだ。なのに呼吸と血圧をはじめとした生命兆候のほとんどが弱まっている。脈拍も不規則だ。とても奇妙で、危険な気配を感じる」

クレイは男をじっと見た。「いずれも頭部外傷の影響ということは？」

カンナは肩をすくめた。「あり得る。それと、この男は過去に形成外科手術を受けているようだ。他にも健康上の問題があったのかもしれない。とにかく、外傷センターに搬送して詳しく調べなければならない」X線写真をまたじっと見る。「これも不可解だ」

「どういうことだ？」クレイは診察台をまわって画面に近づいた。

カンナは左側のある箇所を指さした。「この男は右の肋骨《ろっこつ》の大部分を失っている」別な場所を示す。「それにここ、大腿骨《だいたいこつ》が奇妙な形をしている。先天的な欠損か異常があるのかもしれない。そのせいで骨の構造がもろくなっているとしたら、今回の外傷が重篤になった説明がつくかも――」

医師の言葉をさえぎって、切り裂くようなアラームが鳴り響いた。モニタに示されていた心拍数が急激に落ちている。一瞬のち、別のアラームが鳴り、血圧のグラフが急降下した。カンナは、モニタと患者の胸と腕につけられているセンサーを素早く確かめた。「このままでは死んでしまう！　ヘリはまだか！」

不意にモニタ画面が緑一色になり、大きな音を立てて真っ黒になった。頭上で蛍光灯が爆発する。部屋は暗くなり、ブラインドから差し込むわずかな日射しだけが残った。ステンレススチールの診察台と棚に奇妙な青い光の筋がよぎり、空気があたたかくなった。クレイの背後で、部屋の真ん中に小さな白い円が現れ、ゆっくりと大きくなりはじめた。その円は六〇センチほどの大きさになると、今度は垂直に広がって卵形にふくらみ出した。部屋が輝きはじめる。クレイとカンナが振り向いたとき、その卵のようなものはふくらみつづけて、ついに床に触れた。

卵の漆黒《しっこく》の中心が不意にまばゆいばかりの白い光を放ち、クレイとカンナは思わず目を覆った。数秒後、光は弱まって淡い輝きとなり、やがて暗くなった。男が横たわっていた診察台が揺れはじめ、医療器具がかたかたと音を立てて脇に転がり、床に落ちた。診察台がゆっくりと光の方にすべりはじめる。それを止めようと、カンナはとっさに診察台をつかんだが、自分も一緒に引きずられてしまった。やがて診察台の脚が床のくぼみにはまって動きが止まった。診察台はなおも激しく揺れつづけ、カンナが手を離すと揺れのせいで今度は男の体が端へとずれはじめた。カンナは慌てて意識のない男をつかんだ。次の瞬間、揺れが止まってすべてが静かになった。数秒後、大きな卵形の光のなかに人影が浮かんで、外に踏み出してきた。カンナは呆然と目を見開いた。その人物は明るい服を着ている。カンナのことはちらりと見ただけで、診察台の端をくぼみからそっと持ち上げると、自分が出てきた光の方へ動かしはじめた。クレイの半自動小銃に弾が込められた音が響き、明るい服の男はそこでようやく立ち止まった。

男は振り向き、クレイの拳銃が頭のすぐそばに突きつけられていることに気づいた。

「いったい何をしているんだ?」クレイは呼びかけた。

男は動かなかった。ただじっと、診察台にまだ横たわったままの男を見おろした。彼はもはや息をしていない。

クレイは拳銃をぴくりとも動かさず、指を引き金にかけた。「おまえは誰だ?」光のかたまりを示す。「どうやってあれをつくった⁉」

しかし、男は無言のままだった。光に目をやり、何か迷っているかのように負傷している男に目を戻した。やがて、しぶしぶといった口調で語りはじめた。「お願いだ、この男は死にかけている」

クレイはテーブルの上の意識のない人物をちらりと見たあと、目の前の男に視線を戻した。「質問に答えろ」

「時間がない。救えなくなってしまう」

クレイは拳銃の下部にもう一方の手を添え、しっかりと握りしめた。「いったいおまえは何者なんだ?」

目の前の男は、部屋の真ん中からあふれてくる光をまた見た。「この男を助けさせてくれたら、きみの質問に答えよう」

クレイはゆっくりと首を振った。

「お願いだ。この男が助かりさえすればわたしはここに残る」

クレイはためらい、目を細めて相手を見つめた。

「お願いだ。死なせるわけにはいかないんだ！」懇願するその声には必死な響きがあった。「彼をここに置いておいても、きみは何も得るものがない。彼が死ぬだけだ。いずれにせよ、わたしはここにいる」

長い時間が過ぎたのち、クレイは折れた。「いいだろう。だが逃げようとしたら、二人とも命はないと思え」

男はうなずいて診察台をかすかに持ち上げ、脚をくぼみからはずした。それからとてもゆっくりと一歩下がって離れると、診察台はひとりでに光の方へとすべりはじめた。クレイは診察台の反対側にいる男を見つめた。男は診察台が柔らかな輝きのなかに消えていくまでじっと見つめていた。そのあいだに光がまたたき出し、ついには消えた。

クレイは振り向いて視界の隅で医師の様子をうかがった。「先生」しかし、呼びかけてもカンナは答えなかった。クレイの前に立つ男を呆然と見つめるばかりだ。

「先生！」クレイはもう一度叫び、ぼうっとなっているカンナを揺さぶって正気に戻した。「艦橋に連絡してくれ。急いで応援を呼ぶんだ」

医師は電話に飛びついた。

「武器を携帯するよう伝えてくれ」

カンナはうなずいた。医師が電話に向かって話しはじめると、クレイは目の前の男をじっと見た。

「それで、おまえはいったい何者だ？」クレイは再びたずねた。

男は立ったままじっと動かず、クレイを見つめている。拳銃にも少しもおびえていない。それからようやく答えた。「わたしの名前はペイリンだ」

「どこから来た？」クレイは詰問した。

男はゆっくり部屋を見まわした。「それほど遠くないところからだ」

クレイは目を細めた。「もっとまともな答えを聞かせてくれ」

〝ペイリン〟という名の男は、クレイを見つめ返した。「きみの質問には答える。それは約束した」

カンナが受話器を置くとすぐに、頭上の通路を数人が走る足音が大きく響いた。クレイはペイリンに背後を示した。「壁まで下がって、両手を前に出したままじっとしていろ」

ペイリンは言われたとおり、背中が壁に軽く触れるまでゆっくり下がった。ほどなく拳銃を手にしたハリスとテイが、クレイの背後から部屋に飛び込んできた。

「何があった？」ハリスが呼びかけた。

クレイはペイリンから決して目をそらさなかった。「いい質問だ。まずはここにいる奇術師殿に手錠をかけてくれ」

19

エマーソン艦長は、装置を片づけているアリソンたちに近づいた。

「ミズ・ショウ」彼はアリソンに呼びかけ、それからクリスとリーを見た。「それに諸君。状況が変わった」

アリソンが立ち上がった。「どういう意味？」

「きみたちも他の乗客たちも、すぐにこの船からおりてもらう」

彼らはまごついた。「なんですって？」

「きみたちの安全と国家機密を守るためには、パスファインダー号からおりてもらう必要が生じたのだ」エマーソンは言った。

「理解できないわ。マイアミに戻ることになっていたんでしょう。何かが起きたの？」

エマーソンは首を振った。「現時点で言えるのは、安全を脅かす事件が発生したことだけだ。信じてくれ、これはきみたちを守るためなのだ」

「事件？　いつ？」アリソンは艦橋をさっと見まわしたが、探している相手は見つからなかった。「ミスター・クレイに何かあったの？」

「ジョン・クレイは無事だ」エマーソンは答えた。「数分のうちに沿岸警備隊の小型艇が到着する。きみたちをできる限り早く避難させることが重要なのだ」

「待って」アリソンは言った。「ダークとサリーはどうなるの？」

「沿岸警備隊の船にはイルカを乗せる装備がない。あの二頭は、事態が落ち着くまで我々があずからせてもらう。申し訳ない。イルカを連れ帰ることは最優先事項と受け止めておく。きみたちのもとに戻すまで、万全を期すことを約束する」

普通なら抗議したところだが、アリソンは異状事態が発生したことを肌で感じ取った。そして今は海軍を相手に争うのは得策ではないだろうと判断した。

彼女はエマーソンを見た。「約束を守ってくれるわね、艦長？」

「必ず守る。何か手伝う必要はあるかな？」

アリソンはリーを見た。彼が首を振る。「いいえ。急いで準備するわ」


沿岸警備隊の小型艇はパスファインダー号の半分ほどの大きさで、半円を描くように敏捷《びんしょう》に近づいてきたかと思うと、速度を落としてまっすぐに船の脇にやってきた。どちらの船も舷側が傷つかないよう大型の緩衝装置をおろしてから、互いに船体を寄せて大きな渡し板をかけた。

マスコミは全員が荷物を持って並んだ。列が動きはじめ、一人ずつ小型艇に渡っていく。アリソン、クリス、そしてリーは最後にもう一度、ダークとサリーのそばに行ってから、また船首へと戻った。そのときには、最後の一人が渡し板の両側にいる乗組員の助けを借りて乗り移るところだった。

アリソンも渡し板にのって振り向いた。クレイの姿はどこにもなく、はるか後方の艫にあるはずのイルカの水槽も見えなかった。彼女は大きく息を吸い込むと、足早に渡りきった。クリスとリーがそのあとにつづく。

全員が座って人数の確認が終わると、渡し板が素早く取りはずされた。エンジンが咆哮をあげ、小型艇が動きはじめた。やがてパスファインダー号はゆっくりと背後に遠ざかり、小さくなっていく。アリソンは身を乗り出して、パスファインダー号の舳先にヘリコプターの編隊が近づいてくるのを見つめた。大きなヘリコプターをはさむようにして、アパッチと呼ばれる小型の攻撃ヘリコプター二機が並んで飛んでいた。

20

キャスリン・ロッケは机の前の椅子に座っていたが、フィリップ・ルブランが入ってくるのを見て素早く立ち上がった。ルブランは一八〇センチほどの長身で六〇代、内務長官をつとめていた。キャスリンにとっては、尊敬できる数少ない政治家の一人だった。そして彼女の上司でもあった。USGSがスキャンダルに見舞われる直前、何代か前の政府でここを管轄していたルブランは、キャスリンを科学者として早い時期から評価し、導いてくれた。彼女がUSGSの所長になれたのは、彼のおかげだ。彼女を励まし、その地位を目指すよう背中を押してくれた。

「プレゼンはうまくいったか？」ルブランは、壁際のキャスリンの机の脇にある革張りのソファに腰かけた。

キャスリンは大仰にため息をついた。「どちらにとってでしょう？」

「だめだったのか？」ルブランはたずねた。

「親友のスティーヴァスがいました」

「それはそれは」

キャスリンは腰をおろした。「実のところ、予想もしていませんでした。そして今では、彼も大統領もわたしがいかれてると思っています」

「スティーヴァスはろくでもない男だが、きみの頭がおかしいとは思っていないはずだ。もちろんあいつは愚かだが、要はくだらない政治的な駆け引きを演じているだけだ。あの男が来年立候補を考えていることは知っているだろうね？」

キャスリンはぎょっとして目を見開いた。「大統領選に？　冗談でしょう!?」

「そういう噂だ」

キャスリンは椅子に背をあずけ、両手で口を覆った。「なんてこと、彼が当選したらこの地質調査所をどうするか、想像できます？」

「ああ、できるとも」

キャスリンは首を振ってバッグを開き、ノートパソコンを取り出した。コンセントを差し、電源を入れてから再びルブランを見る。

「それでは、政府はきみが期待していたような反応は示してくれなかったんだね？」

「わたしたちが期待していたようにはなりませんでした」キャスリンは言い直した。

「どうやら、彼らには予測不能なリスクという概念は理解できないようです。大統領には、他の国に働きかけてパニックを引き起こす前に、もっと証拠がほしいと言われました」とがめるように彼を見る。「あなたも一緒に来てくだされればよかったのに」

ルブランは顔をしかめた。「いや、今ではきみがこの研究機関の責任者なんだ、キャスリン。いずれにせよ、わたしには補足できることは何もない」ソファに背をもたせかけ、脚を組む。「もっと証拠がほしいわけか」

「ええ。実際に津波が押し寄せる前に、事態がどれほど深刻か理解してもらえるといいのだけれど」

ルブランは笑い声をあげた。「そう願おう」

キャスリンは皮肉っぽく肩をすくめた。「幸いにも、政府が知りたいのは津波が起きる日時だけのようです」

「それでどうする?」

キャスリンはパソコンにログインした。「もっと証拠を集めなければなりません。海の体積が減っているという、わたしの計算とは別の証拠が。スティーヴァスにはさんざん馬鹿にされました」大きな椅子に座ったまま体を引く。「さらに正確な計測値を手に入れて、先《せん》だってのロンネの崩落で氷が分離したときの速度から割り出せるデータを使えば、もっと具体的にリスクの程度を示せるかもしれません。他の国際機関より多くのデータを集めれば、どこも反論はできなくなります。議論すべきは、その現実に対してどう対応するか、そしてそれにはどれくらいの費用がかかるかだけになるでしょう」

「会議には他に誰がいた? さらに重要な質問だが、誰かきみを信じた者はいたか？」

「〝信じる〟というのは言いすぎかもしれませんが、理解してくれたと思われる人も少しはいました。当然とも言えますが、政治家ではなく軍人たちのなかに。彼らはリスクとその影響についてしっかり把握しているように見えました。それに、国防長官のミラーも耳を傾けてくれているように感じました」

「驚くにはあたらない」ルブランが応じた。「結局のところ、戦争となれば実際に戦わなければならないのは軍人なのだ。政治家は戦争にゴーサインを出す役にすぎない。わかっていると思うが、スティーヴァスは間違いなく大統領の意見を左右できる立場にある。きみにとって最善の選択肢は、できる限りデータを集め、メイソンを説得して、スティーヴァスがそばにいない場所で大統領に再度説明する機会をつくってもらうことだ。そうすれば、今回よりもうまくいくはずだ」

「でも、いったいどうすればメイソンを説得できるというのです？」キャスリンはたずねた。

ルブランは肩をすくめた。「きみは美人だ。甘い言葉で誘うとか」

キャスリンは怒ったふりをした。「本気ですか？」

「もちろん違う。わかっているだろう」

キャスリンは微笑み、考えながらノートパソコンを見つめた。「そのためには、大規模な調査チームを招集する必要があります。まずは断層を計測するグループから。たくさんのスタッフが必要になる」

ルブランは、キャスリンがさっそく計画を練りはじめたことに満足し、立ち上がってネクタイを整えた。「あたたかい部屋から出て、しばらく零下の環境を歩きまわるよう説得しなければならないぞ」

キャスリンは不意にキーボードを打つ手を止め、ルブランを心配そうに見た。彼の言うとおりだ。現在関わっているプロジェクトから無理やり引き離さなければならない。とても喜ばれるとは思えない。

ルブランは、キャスリンが覚悟を決めて表情を引き締めるのを見つめた。「甘い言葉で誘う練習をするいい機会かもしれないな」彼はウインクすると出ていった。

21

二機のアパッチがパスファインダー号の舳先でホバリングしているあいだ、それより大型のシーホークが甲板の着陸パッドにおりた。すぐにドアが開き、戦闘服に身を包み、M4カービン銃を抱えた四人の海兵隊員が甲板に飛びおりる。彼らはまだまわっている回転翼の下から走り出て、ジョン・クレイと小柄なペイリンを囲んで銃を構えている乗組員たちが集まる階段の下へと急いだ。クレイはペイリンのすぐそばに立っている。ペイリンは両腕を背後にまわされて手錠をかけられていたが、海兵隊員たちが近づいてくるのを見ても表情一つ変えなかった。

先頭の海兵隊員が集団の前で立ち止まり、クレイの隣に立っているエマーソン艦長に敬礼した。すぐ後ろにつづいた他の三人も同じように敬礼する。

「失礼します！」海兵隊員はそう言ってクレイに向き直った。「あなたを基地までお連れするよう命じられています。用意はよろしいですか？」

クレイはうなずいた。

海兵隊員がペイリンの腕をつかみ、まだ回転翼が全速でまわっているヘリコプターまで強引に引きたてた。クレイはダッフルバッグをつかんで肩にかけ、エマーソンの方を向いた。

「ありがとう、ルディ」クレイは握手をしながら言った。

エマーソンはうなずいた。「連絡をくれ」

クレイは他の乗組員たちに軽く敬礼すると振り向き、海兵隊員のあとを小走りに追いかけた。彼らがペイリンをヘリコプターに乗せたところで追いつき、自分もつづいて乗り込む。海兵隊員はペイリンに銃を向けたまま、その四方を固めるようにして座った。クレイはダッフルバッグを後部に投げてから海兵隊員の隣に戻り、ドアを叩きつけるように閉めた。海兵隊員の一人から渡されたヘッドセットを頭にはめて、マイクを調整する。

操縦士がシーホークを離陸させると、機体はふわっと浮いてパッドから離れた。次の瞬間、左右を二機のアパッチに守られて一気に上昇する。沈む太陽からわずかに北の方角へ向かう。背後のはるか下方で、パスファインダー号の巨大なエンジンが再びうなりをあげ、左舷に揺れてから北へと進みはじめた。

クレイはヘリコプターの強力な回転翼の音に負けぬよう声を出して話したあと、ヘッドセットをはずした。ドアにもたれかかってペイリンを見る。ペイリンはまだ両手を背中にまわされ、視線を床に落としてぎこちなく座っていた。銃をしっかりと握りしめた海兵隊員に油断なく見張られている。ペイリンは前よりも小さくなったように見えた。おとなしく座り、暴れようとはしない。クレイの目には、意気消沈しているようにも映った。

ペイリンはゆっくり顔を上げて、狭いキャビンと自分を囲んでいる海兵隊員を見まわした。隊員たちの顔は鑿《のみ》でうがたれた石像のようだ。それからペイリンはクレイの方を向き、二人の目が合った。彼らは長いあいだ見つめ合っていた。

クレイは、ペイリンのまなざしの奥にある何かに気づかずにはいられなかった。一見したところ、小柄で無力に見えるが、それでいてその目に恐怖の感情はいっさい浮かんでいない。やがてペイリンが目をそらしたので、クレイも横を向いて窓の外を見た。ヘリコプターは大西洋に面したフロリダの海岸線に沿って北へ進んでいる。ほどなくして青い海が終わり、白い砂浜が広がりはじめた。

ジャクソンヴィルの海軍飛行場は南東部で最大、そして合衆国で三番目に大きな海軍基地である。〝ＮＡＳＪＡＸ〟と呼ばれるこの基地は地域最大で、対潜水艦戦闘に特化しており、世界で最も優れた飛行士訓練施設の一つでもあった。

三機のヘリコプターは二時間以内に帰還した。余計な注意を引かないためだろう、基地の南西の隅の目立たない区域に着陸する。着陸地点には数台の軍用車両がヘッドライトをつけて待機し、二ダースの武装海兵隊員が待ち受けていた。彼らはシーホークが着陸すると同時に駆け寄って、ドアを開けた。まずクレイが素早く飛びおりたあと、四人の海兵隊員がペイリンを拘束した状態で出てきた。ペイリンはよろけながら階段をおりた。

「手荒に扱うな！」クレイは回転翼の音に負けぬよう叫んだ。

海兵隊員はその呼びかけにはなんの反応も示さずに、ペイリンを車両のうちの一台へと引きたてた。残りの海兵隊員たちも彼らを取り囲むようにつづく。クレイは追いつこうと走りかけ、不意に士官に脇へ引っ張られた。

「ミスター・クレイですか？」士官が呼びかけてきた。

「そうだ」

「ご案内します」士官はクレイに別の車を示し、そのドアを開けて待った。クレイが乗車すると反対側に素早くまわり、運転席に乗り込む。

クレイは明るいヘッドライトの光芒《こうぼう》のなかにいるはずのペイリンを探したが、彼がどの車に乗せられたのかわからなかった。特殊車両は列をなして進み、薄暗い建物の一群の方へと遠ざかっていく。

クレイが乗った車はそれとは逆に左へ曲がり、はるかにつづく暗く生い茂った森の縁にある小さな二階建ての建物へと向かった。金属製のドアの前に照明が一つだけ明るく灯り、二人の海兵隊員が警備に立っている姿がなければ、使われなくなって久しいようにしか見えなかった。車が止まり、運転していた士官とクレイは外へ出た。士官はクレイが後部座席をのぞき込んでいるのに気づいて呼びかけた。「荷物はすぐに誰かが運びます」

クレイはうなずき、士官について建物の入口へと向かった。ドアの前まで来ると、士官は警備の二人にＩＤカードを振ってみせた。右側の海兵隊員が背を向け、隠されていた制御盤に暗証番号を打ち込んだ。すぐに大きな金属製のドアがきしむような音を立てて横に開いた。

明るく照らされている廊下に足を踏み入れると、そこには四人の海兵隊員がいた。二人はライフルを掲げ、残りの二人は長い円筒形のガイガーカウンターを構えている。一人がクレイの体をスキャンし、もう一人が彼を案内した士官をスキャンした。クレイは軍籍のＩＤを出すよう求められ、それも電子スキャナにかけられた。待たされているあいだに、クレイは周囲を見まわした。全部で四台のカメラが、それぞれ違う角度で据えつけられている。広い廊下は突きあたりの扉まで延びていた。二人の隊員がＩＤカードを手にして扉の方へ歩いていく。そこはエレベーターの扉で、彼らが近づくとすっと開いた。なかには銃を手にした海兵隊員が立っている。その隊員が〝下り〟のボタンを押すと、小さな箱はかすかに揺れて降下しはじめた。

クレイは海兵隊員の背後に立ち、彼の服装と装備を冷静に観察した。以前NASJAXを訪れた際は、友人たちがいる基地内のもっと大きな施設にしか足を踏み入れなかった。実のところ、わずか五週間前にもこの基地を訪れたばかりで、そのときは別の通信上の問題について潜水艦のエンジニアたちと議論した。しかしこれまで、今いるこの建物は見たこともない。意図的に目立たない場所に建てられていることは明らかだ。実のところ、二万三〇〇〇人の職員のうちのどれだけがこの建物のことを知っているのだろう。

エレベーターはおそらく三階か四階ほど降下した。扉が開くと、建物の心臓部は地下にあることがわかった。奥の方で数人が慌ただしく動きまわっている。エレベーターからおりると、扉の外には女性職員が待っていた。彼女は踵を返し、ひとことも口にしないまま歩きはじめた。二人ともそのあとをついていった。

廊下を二度右に曲がったあと、大きな会議室に着いた。クレイが驚いたことに、そこにはラングフォード提督と、NASJAXの司令官であるフォスター大佐が待っていた。クレイをここまで案内した二人が敬礼して下がったあと、彼らは近づいてきた。

「待っていたぞ」ラングフォードが手を差し出した。「ジョン、こちらはジェームズ・フォスター大佐、この基地の司令官だ」

「はじめまして、中佐」

クレイは敬礼し、フォスターの握手に応じた。「お目にかかれて光栄です。ここへは何度も訪れていますが、これまでご挨拶できずにおりました」

ラングフォードは部屋の中央にある大きな会議テーブルを示してから、直裁に本題へ入った。突きあたりの壁には薄型のモニタが置かれている。「クレイ、まもなく統合参謀本部、国防省、国家安全保障担当補佐官との会議がはじまる。さまざまな分野の専門家も参加する予定だ。そこで、今朝パスファインダー号で起きた出来事を報告してほしい。現状を正確に把握したいのだ」

クレイはうなずいた。「かしこまりました」

「事前に何か必要なものはあるかね？」ラングフォードがたずねた。「まだ数分ある」

「ありません」クレイは答えた。「大丈夫です」

「結構。では席に着こうか」提督と司令官はテーブルまで移動して座った。「トリトンⅡの位置が特定できたと聞いている」

「特定というのは言いすぎで、おおよその見当がついたところです。正確な位置はわかっていません。事態が急変したせいで、調査は中断を余儀なくされました」

「やむを得まい」ラングフォードは言った。「イルカは役に立ったかね？」

「はい。探査機を見つけたようですが、なお確認が必要です。回収は難航する恐れが——」そこで不意に携帯電話が鳴った。ウィル・ボーガーの番号だ。クレイはラングフォードを見た。「電話に出てよろしいでしょうか？」

ラングフォードは腕時計に目をやった。「あと四分しかない。急いでくれ」

クレイは立ち上がって部屋の隅に向かった。ラングフォードとフォスターはまた話しはじめた。クレイは通話ボタンを押して携帯電話を耳にあてた。

「クレイだ」

「やあ、クレイ。ウィルだ」ボーガーの声が聞こえてきた。

「やあ、ウィル。どうした？　何かわかったのか？」

「ああ、海の底にある、ばかでかいフラフープに関する続報だ」

クレイは、まだ話しているラングフォードとフォスターを見た。「聞かせてくれ」

「プログラムを駆使して、映像の画質を大幅に改善した」

「やったな」クレイが答えた。「それで？」

ボーガーは隣に座っているシーザーを見た。「どうやらあれは動いているようなんだ」

「動いている!?」クレイはきき返した。「どんなふうに？」

「回転しているんだ」ボーガーが言った。「あれはまわってる。ぼくの計算が正しいなら、三分、あるいはそれより短い時間で一周している」

「なんてことだ！」クレイは叫んだ。「冗談だろう？」

「本当なんだ」

クレイは電話を耳から離し、いぶかるようにこちらに目をやっているラングフォードとフォスターを見た。「ボーガーも会議に参加させてください!」


巨大なスクリーンに画像が映し出され、会議がはじまった。映っているのは大きな会議室で、クレイはペンタゴンのどこかだとあたりをつけた。テーブルの周囲に国防長官のミラーと国家安全保障担当補佐官のスティーヴァスがいる。他には、統合参謀本部議長、副議長、それに空軍、海軍、陸軍、海兵隊、沿岸警備隊という五つの軍の部門それぞれの長を含む軍人たちの姿もあった。

つづいて、さらに四人の姿がスクリーンの端に登場した。ラングフォードが言っていた、専門家たちだろう。最後に、別の小さなウィンドウが開いてボーガーとシーザーが映った。ボーガーは、ビデオが使える一番近くの会議室まで五〇〇メートルほど走ったせいで息を切らせている。シーザーは平然としているように見えた。

「諸君」ラングフォードが口火を切った。「時間がないので、紹介は省かせていただきたい。ジョン・クレイがJAXに着いたところだ。今日エマーソンの船で起きた出来事を報告してもらう」クレイを見てうなずく。「はじめてくれ、クレイ」

「ありがとうございます」クレイは立ち上がり、カメラの方を向いた。そして順を追って、トリトンⅡが失われ、その捜索のために海洋生物学者のチームに協力を仰いだこと、出港したあとにパスファインダー号で起きた騒動の一部始終を説明した。話し終えたあとも、質問を受けるために立ったままでいた。報告内容に内心はショックを受けていたとしても、誰一人としてそれを顔に出していない。

国防長官のミラーが最初に問いかけてきた。「クレイ中佐、医務室で空中にいきなり穴が開いて、そこから〝ペイリン〟という男が出てきたというのか？」

「そのとおりです」クレイは答えた。「わたしはそう信じています」

スティーヴァスが身を乗り出した。「信じている、だと？　いったいどういう意味だ？　実際にあったことか、そうじゃないのか、どっちなんだ？」

「現実には何が起きたか、あるいはそもそもあのようなことがあり得るのか、わたしにはわかりません。今はただ、自分の目に映ったことをそのままお伝えしているだけです」

ラングフォードが口をはさんだ。「議論の前にききたいが、そのような現象があり得るのだろうか。もしあり得なければ、どう説明できるだろう」ラングフォードは専門家の一人に呼びかけた。「ＭＩＴの物理学部門を率いるハーディング教授が参加している。ハーディング教授、どういうことなのか教えていただけませんか」

「そう」ハーディングは咳払《せきばら》いして話しはじめた。「正直なところ、信じがたい話です」スクリーンに映る教授の姿が大きくなる。「そのような現象をつくり出すために必要な技術は……少なくとも現時点では存在しません」ハーディングは一瞬考えた。「ミスター・クレイ、そのペイリンなる人物が最初から船に乗っていたということはあり得ますか？」

「あり得ます」クレイはうなずいた。「ただ、すべての乗組員と乗客に確認しました。誰一人として、乗船時、あるいは乗船中のいかなるときにも、あの男を目にした者はいませんでした」

「もう一人はどうなんだ？」ラングフォードがたずねた。「怪我をした男だ。そいつらが共謀して、なんらかのトリックを使った可能性は？」

「あります」クレイは認めた。「ですが、これがトリックだとは思えません」

「どうしてだ？」スティーヴァスが鋭く問いかけた。「どうしていかさまじゃないと言いきれるんだ？　ハーディング教授が、そんなことはあり得ないと言っている。だとしたら、いかさまだと考えるのがまともだろう」

「たしかに、おっしゃるとおりです」クレイが答えた。「ただ、いくつか問題があります」

「どんな問題だ？」スティーヴァスはさらに問いつめた。

「診察台が消えたことです。言うまでもなく、そこに寝かされていた男もろとも」

　スティーヴァスはその事実を一笑に付した。「ふん、診察台が本当になくなったと言いきれるか？　先ほどの話では、そこに寝かされていた男とペイリンという男はとても似ていたのだろう」

「そのとおりです」

「実際には一人しかいないのに、二人いるように見せかける細工がほどこされていた可能性は？」

「そこまで手の込んだことをする意味がわからない」ラングフォードが言った。「問題が生じたのなら、怪我をした記者として船をおりる方が、容疑者として捕まるよりも事を大げさにしなくてすんだだろう。それに、どうしてそんな手間をかけて調査船に乗らなければならないんだ？　新たに見つかった石油の埋蔵量を探るためか？」

「わたしも同感だ」陸軍参謀長であるレオナード・ブルマンが口を開いた。細身で、思索的な雰囲気の男である。「どうして科学調査船に乗るためだけに、わざわざ面倒な細工をしたり、命を危険にさらしたりするんだ？」隣に座っている海軍作戦部長、ブルース・ビショップを見る。「それともエマーソンの船には、それだけの価値があるものが乗せられているのか？」

　ビショップは首を振った。「一時間前にエマーソンと話した。あの船には特別な価値があるものなどない。それに、集めたデータのほとんどはまだ分析すらされていない」

「ということは、港を出る時点で、あの船が唯一それまでと違っていたことは……」ラングフォードはそこで言葉を切ってクレイを見た。

「……イルカです」クレイがあとを引き取った。

「翻訳ソフトウェアの価値は？」ミラー国防長官がたずねた。

クレイは首を振った。「高くはありません。あくまで学術上の価値があるというだけです。もちろん科学的な賞を獲得する役には立つでしょうが、そのために一生を刑務所で過ごしてもいいと思う者がどれだけいるか」

スクリーンに映っていたウィル・ボーガーが手を上げた。「よろしいでしょうか」

クレイが割り込んだ。「みなさん、ウィル・ボーガーと、わたしの同僚スティーヴ・シーザーです。彼らは海底にリングを見つけました。それについて詳しく説明してもらうために、この会議に加えていただきました。つづけてくれ、ウィル」

ボーガーとシーザーの姿が拡大され、スクリーンの中央に移動した。「さらに分析したところ、このリングは……どうやら動いていることがわかりました」

参加者の多くは混乱した顔になった。ハーディングだけは興味津々といった様子だ。

「どういう意味だ？」身を乗り出してたずねる。

「はい、動いていると申し上げましたが、具体的には回転しているのです。わたしの計算では、どうやら三分で一周しています。円周がおよそ七五キロなので、時速一五〇〇キロで回転していることになります」

スクリーンに映っていた全員が不意に言葉を失った。ハーディングは口をぽかんと開けた。

22

「なんだって？」ミラーが言った。

ボーガーは説明をつづけた。「このリングは、エネルギーを放出しているように思えます」彼がいくつかのコマンドを入力すると、ノートパソコンの画面がスクリーンに映し出された。リングの範囲を示す画像だ。「リングから放たれている光波を計測すれば、動きを示す微小なドップラー偏位を特定できます。その波長の変化から、速度を測ることができるのです」

参加者のほとんどはまだ呆然としている。

「ウィル」クレイが呼びかけた。「これはなんだと思う？」

ボーガーは首を振った。「断定はできない。あくまで推測だが、なんらかの種類の動力装置ではないかと」

「何を動かす装置なんだ？」スティーヴァスが問いかけた。

「わかりません」ボーガーが答えた。「わからないことが多すぎます。たとえば、どうして海中にあるのか？　どうしてまわりに何もない場所にあるのか？　どれくらいの動力を生み出しているのか？　輪のなかに何かがあるのかわかれば参考になりますが、解像度が不充分です」首を振る。「もしこれが動力装置だとしたら、こんなふうに回転するタイプは見たことがありません」

「確認しておこう」ミラーが口をはさんだ。「この物体は非常に大きい。このようなものを誰にも探知されずにつくることができるのはどの国だ？」

誰も答えないので、ミラーはつづけた。「もし我々がつくるとしたら、どれくらいかかる？」

「数千人単位の人員をつぎ込んだとしても、一〇年はかかるでしょう」ボーガーが答えた。「しかも、秘密にせずにつくるという前提です」

「それは、おそらく控えめすぎる見積もりだ」ハーディングが口をはさんだ。

「つまり、何十年にもわたってこれをつくりつづけていた秘密の集団がいるわけだ」スティーヴァスが言った。

ミラーは眉をひそめた。「たとえばどんなグループだ？」

「知るものか。わたしに言わせれば、重要なのは誰がこの巨大な動力装置をつくったかではなく、なんのためにつくったのかだ」とスティーヴァス。

「たとえば水温を変えて、気候に影響を与えるためといったことでは？」メイソンが言った。

スティーヴァスが得心したように手を上げた。「それだ。きっとハリケーンか地震を起こすためだ。あるいは、我が国の動力システムを無力化しようとしているのか」腕を組む。「まずは、これが何をしているのか確かめる必要がある」

ミラーはスクリーンを見た。「ハーディング教授？」

ハーディングは顔をしかめた。「充分なエネルギーさえあれば、理論的にはどんなことも可能ですが、たとえハリケーンか地震を人工的に発生させる方法が見つかったとしても、そうした自然現象を制御するすべはないでしょう。ハリケーンは北ではなく南に、あるいは西ではなく東に進むかもしれません」また画像を見つめる。「気候の操作を意図したものとは思えません」

「いいだろう！」スティーヴァスが怒鳴った。「それならどういうことか説明してみろ！」

ボーガーは何度かまばたきし、ごくりとつばをのみ込んだ。「これは……」頭を振りはじめる。「突飛《とっぴ》に聞こえるかもしれませんが、スイスの科学者が進めている研究のことを思い出しました」スクリーンに映る自分を見つめた。「彼らは二つの小さな物体のあいだの空間と時間をつなげたのです。その研究にもリングが使われていました。ただ、その直径はとても小さく、二点間の調和関係はほんの一瞬しか成り立ちませんでした。大胆な仮説ですが、それと重なる部分があります」

「〝調和関係〟というのはどういう意味だ？」ラングフォードがたずねた。

ボーガーは答えなかった。話しつづけるべきかどうか迷い、じっとスクリーンを見つめている。あまりに突飛すぎる仮説なのだ。

「トンネルということでしょう」ハーディングが答えた。

ラングフォードは戸惑いを浮かべた。「トンネル？」

「ワームホールです」ボーガーが答えた。

「ワームホールというのはいったいなんだ？」

「ワームホールとは、時間と空間をつなぐトンネルです」ハーディングが説明した。

「現代物理学の理論の一つです」

「つまりスイスがこれをつくったのか？」スティーヴァスがたずねた。

「違います」ハーディングは首を振りながら答えた。「ミスター・ボーガーが話してくれたのは、スイスのグループが行った別の実験です。ただし、彼らはほんの一瞬、一〇〇万分の一秒以下しかトンネルをつくることができませんでした。それでも、とてつもない量のエネルギーを必要としました。スイスで一年間に使われる総電力量に等しいエネルギーが、一秒足らずのためにつぎ込まれたのです」

「これはその拡大版だと思うのか？」

「あり得ます」ハーディングはゆっくりと答えた。「スイスの研究チームの実験では、二つのリングを調和させることができました。充分なエネルギーを用意してリングを回転させることで、両者は完璧に調和して結びつき、トンネルができたのです」スクリーンに椅子を引き寄せる。「ミスター・ボーガー、画像を拡大できるか？」一瞬のち、画像が大写しになった。「その実験の絶対条件の一つは、リングを音速よりも速く回転させなければならないことです」

ラングフォードはボーガーを見た。「海のなかのリングはどれくらいの速さでまわっていると言った？」

「音速をわずかに下回る速度です」

「ただ、音の速度は空中と水中では異なります」ハーディングは少しも信じていない定理の説明をどうしてもやめることができないとばかりに話しつづけた。「音は水中では速度が四倍になります。それゆえに、音を変数としてとらえるなら、水中ではワームホールが必要とするエネルギーは少なくなるため、装置を置く環境として好ましい可能性はあります。ただいずれにせよ、我々が扱えるレベルをはるかに超えたエネルギーが必要になります」

「〝我々〟というのは、合衆国という意味か？」スティーヴァスがたずねた。

「いいえ」ハーディングが答えた。「人類のことです」

何人かがうつむいて悪態をついた。

ミラー国防長官が深く息を吸い込んだ。「つまり、このリングは人間によってつくられたものではないと言っているのかね？」

「そう考えるべきかと」

ミラーは話の飛躍についていけなかった。「そして、海のなかにワームホールがあるかもしれないと？」

「おそらくは」ボーガーが答えた。「ですが、これだけ大量のエネルギーとなると、たとえそれをつくる方法がわかったとしても、現状では実行するすべがわれわれにはありません」

ハーディングはうなずいた。「ミスター・ボーガーの言うとおりです。世界中のすべての動力機関を集めたとしても不可能です。それゆえに先ほどの質問に戻るわけです。もし我々にはこのリングに動力を与えることはおろか、そもそもつくることもできないのだとしたら、いったい他の誰にできるというのです？」

「もう一つ……もし必要な動力が地球上にないとしたら、いったいどこからその動力を得ているのか？」ボーガーがさらにつづけた。

テーブルの面々はお互いを見交わした。

「いいだろう、そこまでだ」ミラーが言った。「確認しよう。このリングについて他に説明はつくだろうか？　他にどんな可能性があり得るだろう？」

ハーディングは咳払いした。「そう、もし我々がつくったのだとしたら、その目的はある程度限定できます。もしつくったのが我々でないのなら、ほとんどどんなこともあり得るでしょう」

「ミスター・ボーガー」ミラーはつづけた。「きみのデータの信頼性は？」

「きわめて高いと思います」ボーガーは答えた。「もちろん正しいとは言いきれませんが、計測値は何度もくり返し確認しました。ただ、まだ見えていない何かがあるのかもしれません。実際、その可能性は高いでしょう。たとえば、リングの内側に何かがあるかもしれません。現在の解像度では見えないものが。分析の際に前提とした基本的な仮定が間違っているかもしれません。あくまで、現時点で導き出せる結論というだけです」

クレイがラングフォードを見ながら呼びかけた。「よろしいですか、この物体をもっとよく調べる必要があります。少なくとも、トリトンⅡを回収して他に何が記録されているか確かめるべきでしょう」

ラングフォードはうなずいた。「同感だ」

「いいだろう」スティーヴァスが言った。「リングを調べるのはいいが、さしあたりは最悪のシナリオを想定しておくべきだろう。もし別のものだとわかったときは、それでいい。だが、あれがワームホールというやつだったときには、いったいどうすればいいんだ？」

「それは、あれがつくられた目的による」ラングフォードが答えた。

「目的？」スティーヴァスが信じられないとばかりに声をあげた。「トンネルなんだろう。あんたはトンネルを何に使う？」ハーディングを見る。「教授、こう考えてるのはわたしだけか？　トンネルというのは何かが通り抜けるためのものだろう？　あれをつくった何者かは、あそこを経由して何かを運ぶことができるのか？」

ハーディングは軽く眉をひそめてうなずいた。「もちろんです。形状の詳細はまだわかっていませんが、普通に考えれば可能でしょう」

「ありがとう」スティーヴァスが満足げに言った。「それでだ、もしワームホール経由で何かを運ぶことができるなら、他の方たちがどう思っているかは知らないが、わたしが思いつく最悪の事態はこうだ――トンネルをつくったものが何かをもう送り込んでいるか、これから送るつもりかもしれない」

誰もが無言のまま、スティーヴァスの指摘について考えをめぐらした。

長い沈黙ののち、ラングフォードが口を開く。「とにかく、あれがトンネルのたぐいであるなら、何者かが空中からいきなり船のなかに飛び出してきた説明がつく。それはたしかだ」スクリーンを示す。「ハーディング教授、クレイがパスファインダー号で目にしたのは、人間のサイズのワームホールだったということはあり得るだろうか？」

「あり得ます」ハーディングはまた首を振った。「とはいえ、非常に信じがたいことです。つまり、そのためにはとてつもない技術の進歩が求められます。もちろん、海底のリングをつくれる何者かであれば、とても小さなトンネルをつくるのはそれほど難しくないでしょう。ですが、この話には仮定が多すぎます」

「誰か他の意見や説明がある者は？」ラングフォードが呼びかけた。

ボーガーが肩をすくめた。「とっくに結論は出ているのではないでしょうか」

「どういう意味だ？」

「すべてが納得できるのです。必要な動力、複雑さ、つくるための時間。海中に隠されている理由。エネルギーと磁場の歪み。すべてしっくりくる。それに、大きなワームホールをつくることができるなら、間違いなく小さなワームホールをつくれるはずという点も、ハーディング教授に全面的に賛成です。ここにいる全員が、重要な事実にもう気づいているのではありませんか。自分たちよりもはるかに頭がいい存在を相手にしていることに」

ミラーは身を乗り出すようにして両手で顔を覆った。「誰かがそれを口にすることを恐れていた。ウォン教授」スクリーンに振り向きながらたずねる。「あなたは我が国が誇る宇宙生物学の権威だ。このペイリンなる人物の写真と映像はご覧になっていますね？」

スクリーンに映ったウォン教授が話しはじめた。五〇代前半で、眼鏡をかけ、わずかに白髪のまじるこの男は、天文学の分野の第一人者とされている。「ええ、見させていただきました」

「あなたの意見は？」

「何に対する意見ですか？」ウォンがたずねた。

「つまり……」ミラーが口ごもる。「そもそも、我々がここで論じている相手は人間なのですか？」

ウォンは顔をしかめた。「そう……リングがなんらかの種類の入口である可能性は認めますが、ペイリンという男がエイリアンだとは思いません。それがわたしの答えです。パスファインダー号の船医が撮ったX線写真も含め、解剖学的にあまりに人間に似すぎています」

「〝あまりに似すぎている〟というのはどういう意味だ？」陸軍参謀長のブルマンがたずねた。

「いいですか、あくまでも仮定の話として、たとえばワームホールをつくったのが異星人で、はるか彼方《かなた》からそれを動かしているとしましょう。その場合、彼らと人間との解剖学的な差異がもっと大きくなければおかしいのです」ウォンは説明をつづけた。

「異なる惑星で進化した生命体は、それぞれ独自の進化の道筋をたどるというのが真理です。例として、他の惑星には地球とはまったく異なる環境が存在するはずです。地球より小さかったり、暑かったり、一日が短かったり、水が少なかったりといった違いです。そして周囲の環境のごくわずかな違いが無数に積み重なるとき、肉体の進化の形態にも無数のバリエーションが生じます。無限に近い多様な進化形態が考えられるわけですから、異なる星の種族がほとんど同一の生命体に進化するという確率は……そう、数学的にはゼロとなります」

「ゼロ？」

ウォンはうなずいた。「ほぼゼロです」

ミラーは椅子の背に寄りかかってため息をつき、目をこすった。「わかった。話を整理させてくれ。海底にワームホールがある。どこにつながっているのかはわからない。それを動かすには、我々にはつくり出せないほどのエネルギーがいる。つくったのは我々よりはるかに頭のいい連中だが、エイリアンではない」部屋を、それからスクリーンを見渡す。「何か抜けていることは？」

誰も口を開かない。

「ラングフォード提督」ミラーがいきなり椅子から身を乗り出した。「もっと情報が必要だ。きみのチームに指示してほしい」

「了解しました」ラングフォードが答えた。

「まもなくそちらに尋問官が到着する予定だ。ペイリンという捕虜から何かきき出せるかもしれない。ただし、あくまで慎重に頼む。早まった行動は危険だ」ミラーは部屋を見まわした。「情報が増えていることを期待して、朝になったらまた集まろう。ありがとう、諸君」そう言い置いてテーブルのリモコンに手を伸ばした。すぐに国務長官が映っていたウィンドウが消えた。

「ありがとう、諸君」ラングフォードが言った。「それでは」彼も手もとのリモコンに手を伸ばし、ボーガーとシーザー以外のウィンドウをすべて閉じた。ラングフォードとフォスターが立ち上がった。

「クレイ、ペンタゴンに戻って少し寝るといい」ラングフォードはフォスターを見た。「彼を乗せる飛行機はあるか？」

「用意しよう」

「ありがとう」ラングフォードはクレイに向き直った。「朝になったら、改めて待機していてくれ」

「了解しました」クレイが答えた。

「きみたち二人は映像の解析を進めてくれ」ラングフォードはボーガーとシーザーに呼びかけた。「他にも何かわかることがないか調べるんだ」

「了解しました」二人は同時に答えた。

ラングフォードもフォスターも部屋を出ていった。

クレイはドアが閉まったあと、ボーガーとシーザーがまだ映っている大きなスクリーンを見た。「やれやれ、実に面白かった」

23

アリソンは、ハーネスを装着してつるされたダークが水族館のガラスの水槽の上へとゆっくりと移動し、そこで止まるのを見つめていた。ダークはゆっくりと下がり、やがてそっと水面に触れた。ダークの体が水中に潜ったところで細いロープが引かれて大きな留め金がはずれ、ハーネスがするりと落ちる。ダークは自由になると水槽のなかを興奮気味に何周も泳いだ。そのあと、ガラスに両手と鼻先を押しつけて手を振っている子供たちのそばにいるサリーの方へと向かった。ダークは素早く身を翻し、サリーの下を潜るようにして子供たちからいったん離れた。そして水槽の反対端に着くと、明るく青い水のなかを何度も体をひねって回転しながらまっすぐにガラスに向かってきた。子供たちは大喜びだった。

ダークとサリーが子供たちをどれほど愛しているか目にするたび、アリソンはいつも胸を打たれる。毎朝のように、水族館の扉が開いて子供たちが押し寄せてくるのをガラスの壁の前で待っているのだ。イルカと子供たちは明らかに心を通い合わせている。彼らを眺めていると、飽きるということがない。アリソンは子供たちが楽しげに集まっているロビーを離れ、水槽の裏側にある研究室に戻った。金属製のドアの前に立つと小さなスロットにカードを通し、かちりという音を立てて鍵がはずれるのを待った。それからドアを開け、緑色のカーペットが敷かれた部屋へ足を踏み入れた。

アリソンはそのままリー・ケンウッドの背後に近づいて、彼の肩越しにのぞき込んだ。「どんな様子？」

「いい感じ。システムはすべて順調だ。どうやらＩＭＩＳは、ぼくらが留守にしていたあいだに新たにいくつかの単語を学習したようだ」

「語彙リストが増えたのね」アリソンはモニタを見ながら言った。

リーはうなずいた。キーを打つ手を止め、それまで見ていたウィンドウを閉じる。そして別のウィンドウを開いたが、それはアリソンがこれまでに見たことがないプログラムだった。リーは椅子を脇に引いて彼女を見上げた。「きみにサプライズがある」

アリソンは説明のつづきを待って、戸惑い顔で彼を見つめた。しかしリーは座ったまま、微笑み返すだけだった。

「どういうこと？」アリソンはこらえきれずにたずね、モニタに目を戻した。そこには大きな黒い円があり、その上に細い緑色の線が引かれている。彼女はよくわからないまま、再びリーを見た。

「顔を近づけてごらん」リーが言った。

アリソンは彼の机の方に身を乗り出した。まだ何がなんだかわからない。

「何か話して」リーがささやいた。

アリソンは戸惑った顔のままだった。

リーはもう一度ささやいた。「〝こんにちは〟と言って」

アリソンは顔をしかめ、またモニタを見た。「こんにちは」

彼女が声を出すと細い緑色の線が揺らぎ、それからまた平坦になった。一瞬のち、ＩＭＩＳが短い単語を翻訳する音が水槽から聞こえてきた。

ダークとサリーが振り向いて泳いできた。〝こんにちは、アリソン〟二頭は答えた。

アリソンは目を丸くした。「まさか、ＩＭＩＳにわたしの声が聞こえたの？」

リーは微笑んだ。「音声認識だ。もうキーボードで入力する必要はない」キーボードを脇にどける。「マイクに話しかければ、ＩＭＩＳが自動的に翻訳してくれる」

アリソンはリーを見つめながらまた呼びかけてみた。またしても、彼女の声に反応して緑色の線が躍る。「今日はどんな調子？」

〝ぼくたち、元気〟ダークが言った。〝あなた、どう？〟

「リー」アリソンは声をあげた。「あなたはすごいわ！」

彼は微笑んだ。「今頃気づいたのかい？」

アリソンはバッグからバナナを取り出した。皮をむき、ダークとサリーがじっと動かずに自分を見つめている水槽に近づく。バナナをひとくちかじり、手を伸ばしてガラスに触れた。ダークが近づいてきて、鼻をガラスの反対側にあてた。サリーは同じ場所から動かずに、アリソンを見つめている。彼女はバナナをまたむいて、かじった。

〝何、食べる、アリソン？〟サリーがたずねた。

アリソンは驚いてサリーを見た。急いでリーの机に戻るとマウスをつかみ、ＩＭＩＳの最新の語彙リストを表示させる。リストを素早くたどり、一番適切な単語を選んだ。

アリソンはマイクに顔を寄せた。「わたしは植物を食べている」それから思いついてガラスまで戻り、サリーに見えるようバナナを差し上げた。サリーはとてもゆっくりと近づいてきて、バナナをじっと見た。

〝あなた、植物、好き？〟サリーがたずねた。

アリソンが答えるより前に、リーが机を少し寄せてマイクが彼女の声を拾えるようにしてくれた。

アリソンはうなずいた。「わたしはいろいろな植物が好き」彼女はバッグをつかむとリンゴを取り出してひとくちかじり、サリーに見えるように掲げた。

サリーはそれをじっと見た。〝植物、食べない〟

「知っているわ」アリソンは微笑んだ。「でも、わたしは植物が大好き」

サリーは興奮して尾びれを振った。〝わたし、ダーク、大好き〟

アリソンはくすくす笑った。「わたしもダークが大好き」

サリーの噴気孔から音が響く。アリソンたちにはそれが笑い声に聞こえた。

「どうして笑うの？」アリソンはたずねた。

サリーはまた尾びれを振った。〝あなた、ダーク、好きじゃない。わたし、ダーク、好き〟

アリソンはサリーを興味津々で見つめた。わずかに体をずらしてガラスに映るリーを一瞥すると、いつのまにか彼の背後にクリスが立っていた。二人ともじっと水槽を見つめている。

「あなたはダークが大好きなの？」

〝わたし、ダーク、大好き〟サリーはまた言った。〝ダーク、わたし、大好き〟

アリソンは振り向いてクリスを見た。「そういうこと？」

クリスは眉を片方持ち上げた。「らしいな」

「ダーク、あなたの恋人、サリー？」アリソンがたずねた。

〝イエス、ダーク、わたしの、恋人。わたし、ダークの、恋人。わたし、ダーク、大好き〟

「すごいわ」アリソンはそう言ってクリスとリーに向き直り、首を切るしぐさでリーにマイクを止めるよう合図した。彼はすぐに一時停止のボタンを押した。「彼らは愛し合っている」

クリスは彼女が興奮している様子を見つめた。「驚くようなことかい？」

「いいえ」アリソンは答えた。「ただ、動物たちがどの程度の愛情を感じるのかについてはこれまでいろいろな仮説があったけれど、サリーは一般的に考えられているより深い感情を表現しているように聞こえるわ」不意にあえいで口を覆う。「待って、あり得るかしら……彼らが単にお互いを愛しているだけではなく、〝恋〟に落ちているなんてことが」

クリスとリーは言葉もなく視線を交わした。

〝ぼくたち、戻るの、アリソン？〟ダークがサリーのそばに来てたずねた。

リーがオンにしたマイクに向かって、アリソンは答えた。「戻る？　どこに戻るの、ダーク？」

〝外〟

アリソンの興奮はたちまち冷めた。彼女は深く息を吸い込んだ。こうなることはわかっていた。ダークとサリーは一〇歳のときからずっと水族館で暮らしてきた。海に戻すなんて思ってもいなかった。けれども、ジョン・クレイを助けるために一度連れ出した以上、イルカたちが海へ戻りたがるのは、もはや避けられないことだった。

アリソンが答えようと口を開きかけたとき、ダークがまたしゃべった。

〝ここは好き？〟

アリソンは目を閉じた。その質問は鋭い剣のように彼女の心を貫いた。「ここは好き？」

〝イエス、ここ、好き〟ダークが答えた。〝食べ物、たくさん〟それから興奮したようにガラスを離れ、小さな円を描いて戻ってきた。〝食べ物、いつ？〟

アリソンは笑顔をつくった。ダークは自分から食事を要求できるようになってからというもの、いっそう食欲旺盛になっている。「食べたばかりでしょ、ダーク」

サリーはまだじっと動かずにアリソンを見つめていた。〝あなた、悲しい〟

「彼らは人間の感情を簡単に読み取れるんだな」クリスがガラスに近づいてきて、アリソンの肩に優しく手を置いた。「なのに、ぼくらはダークがお腹がすいているのすらわからない」

アリソンはリーに首を振ってみせた。彼はまたマイクを切った。「わたしたちはイルカたちを失ってしまうわ、クリス。すべては海軍を助けようとしたせい」不意にいらだちを爆発させる。「フランクのせいよ！　なぜあんな依頼を引き受けなければならなかったの？　彼のせいで今までの成果がめちゃくちゃになるわ、クリス！　ダークとサリーを失ってしまう。すべてが終わりだわ！」

「それは違うよ、アリソン。きみもわかっているはずだ。たしかにフランクが海軍の依頼を断ることは可能だっただろう。でも、そうしていたら、このプロジェクトはずっと前に打ち切られていたかもしれない。リスクがあることはみんな承知のうえだったはずだ」アリソンはしらばっくれようとしたが、クリスは首を振った。「ごまかそうとしてもだめだ。きみも同じように考えていたことは知っている。みんなわかってた。ぼくらは人類で初めて他の種族と話す試みに成功した。すごいことだ！ だが、ダークとサリーがとらわれの身でいることを望むだなんて、一瞬も思ったことはない。そうさ、たしかに彼らは恵まれている。輪をくぐらなくても、たっぷり食事がもらえ、定期的に健康診断を受けることができ、危険もない。だが、安全だからって幸せとは限らない」ガラス越しにイルカを見て、ため息をつく。「ＩＭＩＳが実現した意思の疎通は、想像もつかないレベルにまで達している。そして今、ダークとサリーは水槽のなかより、もっと自由な環境があることを知った。それは別に驚きではなかったはずだ。もちろん悲しいさ。だが、そのせいでフランクや海軍を責めることはできない」

涙があふれてきて、アリソンは慌てて目をぬぐった。クリスは正しい。けれども、だからといって納得はできない。素晴らしい成果をあげているのに、その代償としてイルカを失わなければならないなんて。

〝あなたの、友達、ここ〟サリーが言った。

アリソンは無理やり笑顔をつくった。「ええ、わたしの友達はここにいる」

〝他の、友達、いない〟サリーが返した。〝金属の〟

「まあ」サリーはジョン・クレイのことを話しているらしい。「そう、あの友達はここにいない」

サリーは笑い声をあげた。

クリスはアリソンの肩をぎゅっとつかみ、リーの机まで戻った。コーヒーのカップを取って振り返る。「わからないぞ。イルカたちを海に帰しても、またここに戻ってくるかもしれない」

アリソンは顔をしかめた。

「たまには遊びに来てくれるかも」クリスは肩をすくめた。

〝わたし、アリソン、話す、好き〟サリーが言った。

アリソンは涙目でサリーを見た。「わたしも、あなたと話すのが好きよ、サリー」

〝どうして、長いあいだ、あなた、待った？〟

アリソンは笑ってしまった。どうして人間がイルカと話せるようになるまでこれほど時間がかかったのだろう。冗談で答えないと。「そのためには、金属をつくらなければならなかったから」

リーのモニタからエラー信号が聞こえた。正確に翻訳できなかったのだ。でもかまわない。

〝わたしたち、とても、長いあいだ、話さない〟

アリソンは混乱した表情を浮かべた。「わたしたちは長いあいだ話していない？」

〝イエス〟

「あなたとわたし？」アリソンはたずねた。

〝違う。人間と〟

アリソンは口をぽかんと開けた。聞き間違えではないはずだ。彼女はクリスを見た。

「サリーは本当に今の言葉を口にしたの？」

クリスもカップを口もとに近づけたまま凍りついている。

何か別の意味のつもりだったに違いない。そのとき、背後からいきなり「こんにちは」と呼びかけられ、アリソンは飛び上がった。

アリソンがぎょっとして振り向くと、ジョン・クレイが部屋の奥にある裏口の近くに立っていた。クレイは落ち着きなく部屋を見まわして、自分が彼らを驚かせたか、何か重要なことの邪魔をしたか、あるいはその両方だったことに気づいた。

「すまない」クレイはロビーの方を示した。「受付の女性にこちらから入るように言われたんだ」アリソンに目をやる。「大丈夫かい？」

「ええ」アリソンは顔をそらして、涙が乾いていることを確かめた。「今朝はいろいろ刺激的なことがあっただけ」彼女はクレイが疲れている様子なのに気づいた。

クレイは近づいてきて、クリスとリーに手を軽く振って挨拶した。「邪魔をしてすまない。それに、船でのごたごたも申し訳なかった。状況がかなり……興味深いことになっている」

「でしょうね」アリソンはクレイに近づいて言った。「それで、大丈夫なの?」

「ああ。説明できればいいんだが――」

「いいのよ。わかってるわ」アリソンはクリスとリーを示した。「あなたがダークとサリーをすぐに帰らせてくれたこと、みんな感謝してるわ」

クレイは微笑んだ。「いいんだ、イルカたちを海に出してくれた大変さを思えば、せめてそれくらいはしないと」

いいえ、あなたはわたしたちの大変さの半分もわかっていない。アリソンは心のなかでつぶやいた。

クレイは、こちらを見つめているようなサリーを興味深げに眺めた。ダークは水槽の隅で小さな円を描くように泳いでいる。

「それで、ここには遊びで、それとも仕事で?」アリソンがたずねた。「水族館のフリーパスは期待しないでほしいわ」クレイの髪はおぼえているよりも豊かで、ウェーブがかかっていた。

「両方だ」クレイは答えた。「それに、イルカたちと話せたらとも思っていた。探査機のことをきけないままになっていたから」

「たしかにそうだったわね」アリソンは水槽に近いリーの机のそばへとクレイを促した。それから、マイクでダークに呼びかけた。ダークは、まだ同じ場所でゆっくり泳いでいるリリーのそばまで来て止まった。「金属のボールは見つけた?」イルカたちにたずねる。

〝イエス〟ダークが答えた。

「どこにあるかおぼえてる?」

〝イエス〟ダークは考え込み、言葉を探すかのように間を置いた。〝南、東〟一瞬のち、IMISはその言葉を〝南東〟と組み合わせた。

「どれくらい遠く?」アリソンがクレイをちらりと見てたずねた。

さらに長い間があいたのち、ダークが答えた。〝とても、遠く。クリック、たくさん〟

アリソンは顔をしかめた。「クリックというのは何?」

〝クリック、進むこと〟

アリソンは首を振った。質問の仕方を変えなければならないようだ。「クリックはどのくらい遠くなの、ダーク?」

ダークは向きを変えて水槽の反対端を見た。そして素早く反対端まで泳ぎ、アリソンとクレイの前まで戻ってきた。〝クリック〟

「それがクリック？」

〝イエス〟

「金属のボールまではクリックいくつ分、ダーク？」

ダークは長いあいだ無言だったが、やがて答えた。〝一〇〇。八〟またしてもIMISが変換する。ダークの返事は〝八〇〇〟になった。

アリソンとクレイは、クリスがカップを落とした音に驚いて振り向いた。クリスはダークを見つめている。クレイはクリスの足もとにこぼれたコーヒーを見つめ、それからアリソンに視線を戻した。「どうしたんだ？」

アリソンは幽霊を見たような顔だった。「数えることができるなんて」

クレイは驚いて眉根を寄せた。「そうか」

「数えることができるのね」アリソンはもう一度、自分に言い聞かせるようにつぶやいた。「座らないと」近くのテーブルの端に腰をおろした。

「これはすごいことだ」クリスが言った。「いいか、とんでもなくすごいぞ」

「わかってる」アリソンがうなずいた。数を数える能力は、はるかに大きな意味を持つ。単純な挨拶や、食事の時間に関する質問とは比べものにならないほど深い理解力を意味するからだ。イルカが言葉と数字の違いを理解していること自体が、驚天動地の発見だった。実のところ、彼らが〝言葉〟を理解しているというだけで信じられない。ダークとサリーが次々に明らかにする事実を受け入れる心の準備が、アリソンはまったくできていないように感じていた。

クレイが微笑んだ。「ここに来るたびに驚かされる気がする」

アリソンは聞いていなかった。

クレイは彼女に顔を寄せた。「感慨に浸っているところ申し訳ないが、イルカたちに探査機がどれくらい深いところにあるかきいてもらえないか？」

〝二〇〟ダークが答えた。

クレイは驚いた。「ぼくの言葉も理解できるのか？」

アリソンは得意げに笑った。「見てのとおりよ」

クレイはダークに向き直った。「二〇クリックの深さかい、ダーク？」

〝イエス〟

「ありがとう」クレイはうなずいた。長いあいだダークとサリーを見つめたあとで振り向く。「さて、ぼくは——」

〝彼ら、町、近い〟

クレイは唐突に言葉を切って振り向いた。「なんだって？」

〝彼ら、町、近い〟

アリソンはさっと立ち上がった。「〝町〟と言ったの？」

〝イエス〟

アリソンは落ち着かなげにクレイを見た。自分が次の答えを聞きたいのかどうか、わからない。「誰がいる町？」

〝彼ら。別の人〟

クレイはガラスに近づいた。「きみはその町に行ったのか、ダーク」

〝イエス〟

「どんなところだ？」

〝きれい〟

アリソン、クリス、そしてリーは完全に混乱していた。イルカたちが何を話しているのかわかっていないのだ。しかし、クレイにはわかっていた。「そのきれいな町には何人くらいいた？」彼はたずねた。

〝わからない〟

クレイは一瞬考えたあと、ポケットから銀の物体を取り出して、さらに一歩近づいた。「ダーク、サリー、これが何か知っているかい？」物体を高く差し上げる。

〝知らない〟

〝知らない〟

クレイは深く息を吸い込んだ。「どうしてその人たちがここに来たか、知っているかい？」

ダークはきっぱり言いきった。〝水〟

クレイは小さな物体をテーブルに置いて、携帯電話に手を伸ばした。バッテリーが切れている。彼はアリソンを見た。「きみの電話を貸してほしい」

（下巻へ続く）

〈シグマフォース〉シリーズ⑤
ケルトの封印　上下
ジェームズ・ロリンズ／桑田 健［訳］

癒しか、呪いか？　その封印が解かれし時――人類は未来への扉を開くのか？　それとも破滅へ一歩を踏み出すのか……。

〈シグマフォース〉シリーズ⑥
ジェファーソンの密約　上下
ジェームズ・ロリンズ／桑田 健［訳］

光と闇のアメリカ建国史――。その歴史の裏に隠された大いなる謎……人類を滅亡させるのは〈呪い〉か、それとも〈科学〉か？

〈シグマフォース〉シリーズ⑦
ギルドの系譜　上下
ジェームズ・ロリンズ／桑田 健［訳］

最大の秘密とされている〈真の血筋〉に、ついに辿り着く〈シグマフォース〉！　組織の黒幕は果たして誰か？

〈シグマフォース〉シリーズ⑧
チンギスの陵墓　上下
ジェームズ・ロリンズ／桑田 健［訳］

〈神の目〉が映し出した人類の未来、そこには崩壊するアメリカの姿が……「真実」とは何か？「現実」とは何か？

〈シグマフォース〉シリーズⓍ
Σ FILES〈シグマフォース〉機密ファイル
ジェームズ・ロリンズ／桑田 健［訳］

セイチャン、タッカー&ケイン、コワルスキのこれまで明かされなかった物語＋Σをより理解できる〈分析ファイル〉を収録！

遙《はる》かなる円環都市〔上〕

2017年12月21日　初版第一刷

著　者　　　　　マイケル・C・グラムリー
訳　者　　　　　野中誠吾
カバーイラスト　影山徹
デザイン　　　　坂野公一・吉田友美(welle design)

発行人　　後藤明信
発行所　　株式会社 竹書房
〒102-0072
東京都千代田区飯田橋2-7-3
電話03-3264-1576(代表)
03-3234-6383(編集)
http://www.takeshobo.co.jp
印刷所　　中央精版印刷株式会社

定価はカバーに表示してあります。
乱丁・落丁の場合には竹書房までお問い合わせください。

ISBN978-4-8019-1320-2　C0197
Printed in Japan